饌

fL 文学馆　林贤治 主编

Rilke

杜英诺悲歌

里尔克诗选

〔奥〕里尔克 著　李魁贤 译

SPM 南方传媒　花城出版社

中国·广州

图书在版编目（ＣＩＰ）数据

杜英诺悲歌 / （奥）里尔克著；李魁贤译. -- 广州：
花城出版社，2018.1（2023.10重印）
（文学馆 / 林贤治主编）
ISBN 978-7-5360-8455-1

Ⅰ. ①杜… Ⅱ. ①里… ②李… Ⅲ. ①诗集－奥地利
－近代 Ⅳ. ①I521.24

中国版本图书馆CIP数据核字(2017)第241399号

出 版 人：张 懿
责任编辑：陈诗泳
技术编辑：凌春梅
装帧设计：林露茜
制作总监：蒋 波
发行总监：田峰峥

书　　名　杜英诺悲歌
　　　　　DUYINGNUO BEIGE
出版发行　花城出版社
　　　　　（广州市环市东路水荫路11号）
经　　销　全国新华书店
印　　刷　北京通州皇家印刷厂
　　　　　（北京市通州区张家湾镇皇木场村）
开　　本　880 毫米×1230 毫米　32 开
印　　张　5.75　2 插页
字　　数　120,000 字
版　　次　2018 年 1 月第 1 版　2023 年 10 月第 3 次印刷
定　　价　39.80 元

如发现印装质量问题，请直接与印刷厂联系调换。
购书热线：020－37604658　37602954
花城出版社网站：http://www.fcph.com.cn

里尔克

rions déjeuner ensemble. Ce
serait à vous entièrement de
fixer le jour et l'heure et l'
endroit à votre aise.

Je pense à vous de
cœur et je vous serre les mains
en vous priant de me croire
toujours le Vôtre et infiniment —

Rilke

里尔克手迹

前　言

　　《杜英诺悲歌》(*Duineser Elegien*)，是里尔克于1912年 1月间，在意大利的纳普列琪娜近郊的杜英诺城堡 (Schloss Duino)作客时，着手撰写的，到1922年2月，全书完成，前后 共历时十载。

　　杜英诺城堡，是玛莉·封·杜恩·温德·塔席斯—霍 亨洛赫侯爵夫人(Marie Von Thurn und Taxis-Hohenlohe, 1855—1934)的别墅，临亚德里亚海，是一幢石砌的、有古 城风味的宅第。里尔克于1909年12月，在巴黎获识塔席斯夫 人，因受其邀请而于1910年4月初访杜英诺，逗留了约一周。 翌年晚秋再度造访，这一次在杜英诺住了有半年之久。当时 的里尔克刚完成了《马尔特手记》(*Die Aufzeichnungen des Malte Laurids Brigge, 1910*)，而陷入了一种精神上的虚脱状 态。他在那城壁坚牢的古堡中，与世隔绝，处于一种绝对的 孤独。并期待着由此有一崭新的创作转机。

1912年1月下旬，有一天，里尔克走出了杜英诺城堡，到附近的海滨散步。他一边散步一边思索着如何回复一封烦人的信。这时，突然在头顶上呼啸而过的大风中，好似听到了一种声音，他就把随身携带的本子取出，记录下来：

　　谁，倘若我叫喊，可以从天使的序列中听见我？

　　返回城堡后，在自己的房间里，把回信拟就。当晚，就完成了第一悲歌，21日呈送给塔席斯侯爵夫人。1月底到2月初，里尔克又完成了第二悲歌。并写了第三、第六、第九以及第十悲歌的开头部分，和其中的一些片断。这大致是同年2到3月间的事了。

　　2月11日，里尔克动身前往西班牙游历，辗转于托列多、塞维尔、隆达、马德里等地。其间，约在1913年1至2月间，在隆达写下了第六悲歌的第1至31行。同年深秋，在巴黎又续了第42至44行，并完成了第三悲歌，还有第十悲歌的初稿。

　　接着，第一次世界大战的战火燃起。里尔克于1914年8月，到了德国的莱比锡，此后即滞留德国境内。在战争的五年当中，生活困苦的里尔克，并没有完全停止写作。尤其在1915年10至11月间，里尔克还写了《摩西之死》《死》《关于一位少年之死的镇魂曲》等一些引人注目的诗篇。11月22到23日，在短短的2日间，又完成了第四悲歌。24日，里尔克被编入国民军，但他身体虚弱，实无法胜任军中的工作，后来由于文化界人士的努力奔走，才于1916年6月，提早解除了兵役。此后四年间，几乎是里尔克诗业的空白时期。战后，他赴瑞士，到处游历，他那凝结的心灵，才又如春天莅临时的大地，寒冰一般逐渐溶化了。1920年11月到翌年5月，在柏格城堡(Schloss Berg)停留的半年间，里尔克颇想把《悲歌》完成，但终于没有实现。1922年2月，他定居于穆座古堡(Château de Muzot)。

穆座古堡是建于瑞士瓦雷州细耶上方的一幢古堡，其历史可以追溯到十三世纪。在这孤独的古堡中孤独地生活着的里尔克，终于把《悲歌》完成了，同时并意外地另外写成了55首的《给奥费斯的十四行诗》(Sonette an Orpheus, 1923)。这都是1922年2月间的事。先是2月2日至5日，写了《给奥费斯的十四行诗》的第一部26首，接着分别于7日完成第七悲歌，8日完成第八悲歌，9日续成第六悲歌的第32至41行，及第九悲歌的中间部分。11日，把初稿的第十悲歌16行以后，重新改写。14日，完成了第五悲歌。于是，《杜英诺悲歌》至此全部杀青。接着，15至23日间，又续成了《给奥费斯的十四行诗》第二部分。这真是罕见的创作力旺盛的特例。

1923年，《杜英诺悲歌》由德国殷哲尔出版社(Insel Verlag)出版。

兹将十首悲歌完成的时间列记如下：

第一悲歌　1912年1月21日左右，于杜英诺。

第二悲歌　1912年1、2月，于杜英诺。

第三悲歌　1912年，在杜英诺起首；1913年晚秋在巴黎完成。

第四悲歌　1915年12月22、23日，于慕尼黑。

第五悲歌　1922年2月14日，于穆座。

第六悲歌　1912年2、3月，在杜英诺起首；1913年1、2月，第1至31行，于隆达；1913年晚秋，第42至44行，于巴黎；1922年2月9日，第32至42行，于穆座。

第七悲歌　1922年2月7日，于穆座；2月26日，结尾定稿。

第八悲歌　1922年2月7、8日，于穆座。

第九悲歌　1912年3月，第1至6行，及第77至79行，于杜英诺；1922年2月9日，完成，于穆座。

第十悲歌　1912年初春，第1至15行，于杜英诺；1913年晚秋，于巴黎；1922年2月11日，初稿16行以后，改写，于穆座。

4

目录 contents

第四悲歌

第五悲歌

第六悲歌

第七悲歌

第一悲歌

第一悲歌

谁，倘若我叫喊，可以从天使的序列中
听见我？其中一位突然把我
拉近他的心怀：在他更强烈的存在之前
我将消逝。因为美只是
恐惧的起始，正好我们仅能忍受者，
而我们又如此赞赏美，因为它冷静地蔑视着
欲把我们粉碎。每一天使都是可怕的。
因此，我就抑住自己，且吞咽下
黑暗中歔欷的引诱的召唤。啊，究竟
我们能够支配谁？天使不能，人类不能
而伶俐的兽类也早已注意到
我们在自己解释的世界里
不能有在家的信赖。或许遗留给我们的是
山坡上的某一棵树，我们日日可以
重见；遗留给我们的是昨日的街道

不良的习惯上的忠诚，

这正适于我们，而就此永驻，不再离去。

啊，而夜，夜，当盈满了世界空间的风

削损着我们的脸庞——，这思慕着的，

柔顺地幻灭的夜，在孤单的心怀之前艰苦地现身的夜，

不为谁而伫留吧。夜对情人们是更好过的吧?

啊，他们只是彼此蒙蔽着他们的命运。

你难道还不知道吗?把空虚从你的环抱中

投向我们呼吸的空间;或许鸟类

因感受到扩展的大气，更热忱地飞翔。

是的，春季都需要你。群星

也期待着你去觉察它们。往昔的波浪

向面前涌来，或者正好你走过敞开的窗口，

一具提琴向你委身。所有一切都付托于你。

可是你能胜任吗?你不是常

为了期待着恋人前来似的预告

而心烦意乱? （伟大而奇异的思想

在你内心出入，且经常在夜晚停留，

而你将把她藏于何处。）

可是倘若你渴慕，就为你的恋女们歌唱吧;

她们可赞美的感情尚未到永渝不朽的境地。

几乎使你生妒的那位被弃的女郎，

你发现比那爱抚的更加倍的可爱。

要经常重新开始那不能企及的赞扬;

想想：英雄能保持着生机，即使英雄的没落
也是一种为了存在的遁词：他最后的诞生。
可是疲惫了的自然，把恋女引回自身
如像再也没有力气从事第二回。
你曾好好想过葛丝巴拉，施坦芭吗？
任何一位离开情人的少女
都感觉以这位恋女为攀升的范例：
我会和她一般模样吗？
终于这最古老的苦痛，对我们不该是
更丰收的果实吗？如今不该是我们亲切地
离开所爱的人且颤动着立起的时候了吗：
有如箭矢立在弓弦上，集中着欲射出的跃姿
超越它自身。因为无处可以滞留。

声音，声音。听啊，我的心哟，有如只是
圣人们才能听见：强大的呼声
把圣人们从大地曳起；只是他们跪着，
不可能的人们，且不专心：
他们就这样听着。你决不能忍受得住
神的声音，在远处。可是你听那如风吹拂而来的
从静默中产生的不间断的音信吧。
他们从那年轻夭亡者向你喧嚣而来。
你踏入无论是罗马或那不勒斯的教堂时
他们的命运不是平静地向你叙说吗？
或者一段碑文巍峨地加在你身上，

有如新近的圣玛丽亚·福尔摩沙的墓表一般。
究竟他们对我期望些什么？我该静静地
除却那不正当的外貌，不时地稍许
阻止了他们精神纯粹活动之不正当的外貌。
那当然是奇妙的事，不再居住于大地，
不再履行刚学会的习惯，
对于蔷薇，以及其他特殊的允诺的事物
不能赋以人类未来的意义；
在无限焦灼的双手中的自己
别无其他，甚至把自己的名号也撇开
有如丢弃一件破碎的玩具。
真奇妙，不再期待受人期待的事物。真奇妙，
看一切互相关联的事物，在空间轻松地
鼓翼飞翔。逝者是多么劳苦
而充满了补偿，因此人们终于稍许
觉察到永恒。——可是生者
都犯了俨然划分生死的错误。
天使（据说）常弄不清楚，到底他们是在
生者或是死者之间行动。永恒之流
常拖拉着一切年代的人一同通过二者的王国
并在二者的王国里，把那声音淹没。

最后，他们不再需要我们了，那些早逝者们，
静静地弃绝尘世而去，有如断离了母乳
缓缓成长。可是，我们需要伟大的

神秘，于此，最幸祸的进步常导源自
悲伤——：我们能够排拒它而存在吗？
曾在为黎诺斯的哀悼中，勇敢的最初的音乐
贯穿了干涸的凝结，这项传说是无益的吗；
当那近似神的少年突然永久离去时
在所遗留的惊愕的空间中，空虚就开始
化为振动，如今对我们魅惑、抚慰与扶助。

第一悲歌诠释

1

　　一开头，诗人就以孤独的人们的立场，向天使叫喊着，并且怀疑，天使群中谁也不会听见这叫喊吧。在《悲歌》中的天使，并非意指着神的使者那般超越的存在，而是意味着在地上完成了人间的使命而超升的存在的极致。这样，在一般的人们与天使的对决当中，便显得有无限的距离而难以亲近了。那么，任诗人（以一般的人们的立场）叫喊，天使也不会听见的吧。设使其中有一位听见了，且把我们拉近他的心怀，可是在他那比我们更坚强的存在之前，我们在相形之下，便要消失了。

　　我们对于天使，是有着美感的，然而我们如此赞赏美，而它却冷峻地欲把我们粉碎，更显出在对决当中的距离。而我们之赞赏它，却变成对我们自己的一种苦难，难怪"美"

却是恐惧的起始了。因此，"每一天使都是可怕的"，是出自理性的歌声。天使的位置，是人间的极致，有如光辉灿烂的烛台，而我们只有抑制自己，局促在下层的幽暗的角落，吞咽着那引诱的召唤。

"究竟，我们能够支配谁？"诗人这么自我询问着。天使是太可怕且太遥远了，人类的同伴也是毫无助益，甚至伶俐的兽类（无意识的存在）也认为，人们在以自己为中心而形成的世界（有意识的人间）当中，也是陌生的。存在于这样的世界的人们，既不安定，且不能有所信赖。这样，人们便成为一种孤绝的存在，天使（上界）、人类（中界）、兽类（下界），都有着分割的距离。

人们把自己局限于日常的事务：天天看到的山坡上的一棵树，天天徒步往回的街道；人们自囿于这些因袭的、毫无生趣的习惯，而不得摆脱。

相对于到处所见都是漠然的习惯的白昼，夜晚是和宇宙以及"世界空间"（Weltraum）成为一体的，这是超越于人们所生存的人间，而为"天使"所居住的世界，也是人们所思慕着的世界。"艰苦地"是一种反置（物我移位）的表现法，是人们苦苦地思慕后方才"现身的夜"，反置过来而表现的。然而，苦苦地思慕着的夜，竟是幻灭的，更显示出人们的孤独与无所依赖。而对沉迷于甜蜜情语中的爱侣，至少在彼此的拥抱中，或许夜对于他们，不会像别人那样的感到孤独。其实他们放肆的爱的行为，只是彼此互相蒙蔽住真实的命运而已。（里尔克的这一观点，在《致青年诗人书简》第七封信中，曾详细论及。）因而，他们所环抱的，却是空虚。把空虚投向空间，是意味着呼吁舍弃人类以自我解释的世界，而委身于"世界空间"里。那"世界空间"是我们能自在呼吸的、生命回复到实存之本来状态（以鸟类来暗示）的空间。

2

这一节讨论到人的使命。人们常站在以自己为中心的立场，因此很少注意到本身的用途，而只考虑到事物对于人们的用途。然而反过来，人们何尝不是因事物的要求用途而存在着？相对于"春"及"群星"的自然现象，暗示着过去的经验或童年的"往昔的波浪"，以及"提琴"的琴音，都是意味着人间世界的意象。而人们能胜任这一切自然与人世所委托的使命吗？

以自我为中心的人们常显出焦虑不安。这种焦虑不安的意识状态虽是来自"伊底"（Id），却可能是对外界某些事物的期待而引起。期待"恋人"的前来，是在加强那事物的不确定性，以表现期待"空虚"而得的绝望感。因此，诗人自问着，如果"伟大而奇异的思想"进入，我们把她如何处置呢？

在这样幻灭的处境下，里尔克提出要不时地为赞扬"恋女们"而歌唱。这里的"恋女们"（Die Liebenden，爱者）的象征意义，殊异于"恋人"（Die Geliebte，被爱者），是意指着被男人所遗弃而把感情推广，以致产生对一切事物有着无限的爱的女郎。她们的感情是产自真正的爱，是为爱而爱，而既不是为了被爱而爱，也不是企求获得世俗的幸福与荣耀，因此，她们是"更加倍的可爱"。虽然她们的这种应予赞美的感情，尚未能获得永渝不朽的地位，惟这是出于自觉的、真正的爱。由此，人们可以摆脱以自己为中心的世界，而踏上"世界空间"的门槛。

英雄也和纯粹以真爱为出发的"恋女们"一样，以燃烧自己去塑造生命的本质的纪念碑。因此英雄没落时，正是他"最后的诞生"之日。可是当"恋女们"和英雄的生命燃烧成灰时，并不会被历史的波浪淹没。虽然疲惫的"自然"几乎已无力再孕育接棒的第二代，然而毕竟仍会把他们引回，再度生长，再度燃烧。

葛丝巴拉·施坦芭（Gaspara Stampa，1523—1553），失怙，随母移居威尼斯，在此受到很好的教育，通晓古典语及古典文学，并酷嗜音乐。二十六岁时，与柯拉挺诺·第·柯拉托伯爵（Collatino di Collalto）热恋。伯爵远征法国，因受功名心之驱使，乃对爱情冷淡。施坦芭为此撰写了很多十四行诗，以遣其悲怀。其诗描写爱情的甜美以及失去爱情的悲伤，甚为动人。里尔克于此，以施坦芭为被遗弃的"恋女们"的代表，为因受苦而超升的典型。那么，此俗世的苦痛，岂不就是另一更高层次的世界的更丰收的果实吗？

在此节的结尾，里尔克以在弓弦上待射的箭矢那样紧张的力，象征着饱受了人间的悲欢，而欲向寂寞广大的空间投出的一种姿势，正好和上一节终结的鸟类的飞翔互相呼应。

3

人们的使命，要之，并非要求事物对我们有何种用途，而是要求自己对事物或他人有何种的用途。因此，诗人对自己的心说，听啊，听那周围的事物要付托于我们的呼声吧，要像圣人谛听神的声音那样的虔诚地听着。而神的声音要把虔诚地跪着的圣人，从大地超升到更高一层的世界。

可是神的声音，遥远不可闻，听见的是周围的事物存在的静默的声音，风一般的从"年轻"的死者处吹拂而来。年轻的死者，那无言的、似有所倾诉的声音，一直使里尔克耿耿于怀。由于他在沃普斯威特时深交的闺秀画家鲍拉·蓓珂（Paula Becker）之死，很强烈地震撼着里尔克的心。因此年轻的死者的影像，便一直萦绕在里尔克的脑际，1908年且写了一首《给女友的镇魂歌》（*Requiem für eine Freundin*）。

据塔席斯夫人说，1911年8月时，里尔克与夫人于璐姆布鲁库访问，每到一处教堂参观时，特别对那年轻的死者的墓石碑铭感到兴味。那些单纯的铭文，里尔克读来，似乎有着很深刻与神秘的意味。就像在《悲歌》里描写的，"他们的命运"平静地向他叙说着。因此，在前一年（1910年），当里尔克在罗马及那不勒斯逗留时，必定也一样到处走访教堂，被那些碑铭深深感动着。而圣玛丽亚·福尔摩沙（Santa Maria Formosa）是威尼斯的一座教堂，里尔克于1911年3月末，曾陪同塔席斯夫人来此造访。里尔克在此《悲歌》中所说的墓表，是雕刻在教堂入门的右侧壁上，用拉丁文镌刻，有"我一生，均为他人而生活着"等语。

一般以为年轻的死者，他的生命在人间尚未达成熟，便为残酷的命运的手劫夺，而生浩叹。然而，这是"不正当"的观念，其实"死"并非"悲剧"。我们要革除一般的不正当的、皮相的观念，使死者能在"死"内纯粹地存在，而不为我们表面的、外貌的观点所阻扰。

4

这一节继承上节末，描述"死者"之成为纯粹的"死者"的经过。离弃了大地，离弃了那一切格格不入的习惯，有如释重负之感，而感到那是多么奇妙的事。蔷薇，象征着人生的希望。"焦灼的双手中的自己"，意味着对抗外界威胁的不安而采取的一种防卫行为。"把自己的名号撇开"，则暗示着切断与世俗的一切关联，且有如丢弃了一件破碎的玩具般的，毫不足惜与眷恋。

可是当我们死亡时，并不能即成为真正的死者，还要艰苦地学习，才能接近永恒。生与死，并非俨然的划分，并非矛盾的对立，而是一体的两面。生与死、死者与真正的死者，就像是过程中的几个阶段。因此，跨越于生死二王国，而连结成一整体的世界，便无所谓过去、现在、未来之分，而为一"永恒之流"。

5

到此，人们的态度已是转变了。在第一节，是站在狭小的自我中心的立场，为自己而要求事物的用途，而有"我们能够支配谁？"的询问；而在此，已变成要求我们对事物或他人的用途，是"那些早逝者"，不再需要我们了。我们已是反转在被要求的（被动的）地位。人们已超越了自我，因此在悼念死者的悲伤中，他的视界已能超越于俗世的限制，而获得"最幸福的进步"。

　　里尔克应用了黎诺斯（Linos）的传说。根据希腊的神话，美少年黎诺斯死时，在为他哀悼中，发出歌声，是为音乐的起源。原由悲伤中发生的音乐，如今抚慰着人们的心灵。

第二悲歌

第二悲歌

每一天使都是可怕的。可是，唉，
我向你歌唱，几乎致命的灵魂之鸟啊，
知道有关你的事物。托拜阿斯的日子何处去，
当最光辉的人物倚立在简朴的家门傍，
稍许佯装着去旅行，而且不再惊惶；
（小托拜阿斯好奇地向外张望，正面对着少年）。
假如大天使此刻到临，那危险的存在，
从群星的背后只跨一步，下降且迎向而来：
我们自己心脏的高击球技将我们打杀。你到底是谁?

早先成就的人物，你创世的宠儿，
崇山峻岭，一切创造的
朝阳映红的山脊，——绽放的神性的花粉，
光亮的关节、廊道、阶梯、王座、
出于本质的屋宇、喜悦的盾牌、暴风雨般

热狂的骚动，而突然，一一地
镜子把自己流露出去的美
再吸回到自己的镜面。

毕竟我们在感觉中蒸发四散；啊，我们
在呼吸中把自己吐出，远逝；从薪柴的火焰到火焰
我们的气味越发薄弱。就有人会这么说：
是的，你进入我的血液中，这房屋，这春季
都充满着你……有什么用，他不能安置我们，
我们在他里面消失且围绕着他。而那些美女，
哦，是谁把她们引回？光辉不绝地在她们脸上
现出，然后逝去。有如露珠从早晨的草坪，
我们的事物从我们腾散，有如热气从蒸盘上
发散。啊，微笑哟，向何处？啊，仰望：
心的新颖、温煦、且远遁的波浪哟——；
唉，我们就是如此这般。那么，我们把自己
消融于其间的世界空间会品味我们？天使们真的
只争取他们的所有，从他们所流露出来的，
或者偶尔，因为失误，而掺杂了几许
我们的本质？是否混入天使们的表情中
一如孕妇们的面部那样的含糊？
他们在回归于自己的漩涡中
毫不留神。（他们该多留神啊。）

恋人们，如果他们明白，在夜的气氛中

就会有奇异的话题。因为似乎万物对我们
都保持神秘。看啊，树在着哪；我们居住的家屋
依然矗立。我们只不过是从万物傍经过
有如一阵空气的交替。
万物一致地不谈我们的事情，或许
半是羞耻，半是不可言状的希望。

恋人们，你们互相满足的人们，我要问你们
关于我们的存在。你们互相握紧。你们有证据吗？
看啊，我的双手互相知觉着
我苍老的脸孔埋伏在双手间。
这样给我些微的感觉。
可是谁敢就此断言已经存在？
而你们在对方的狂喜中壮大自己
直到他们被你们压倒
恳求着：不再了——；你们在彼此的手下
成为丰盈，有如丰年的葡萄；
你们，经常逝去，只因为对方握有
全然的优势：我要问你们关于我们的存在。我知道
你们这般幸福地互相触及，因为要抑制爱抚，
因为你们温柔者所荫蔽的场所不会消失；
因为你们所感知了纯粹的持续。
所以你们几乎期待着从怀抱中
获得永恒。而且，倘若你们忍住
最后一瞥的惊愕，倚窗的憧憬

以及最初的相偕散步，一度走过花园：
情侣们，你们是否依然相爱如故？当你们互相
把对方举起，就近唇边——一口一口啜饮：
啊，无论多美妙，饮者都将规避那种行为而去。
你们不为阿提喀的墓碑上所刻的人物姿态
而震惊吗？爱情和离别不是很轻松地
置放在肩上？有如用和我们不同情况的他种材料所塑造。
想想那双手，好像无力地触摸着，
在躯体内部却蕴蓄着力量。
这些自制的人们由此明白了：我们来自多么遥远，
这些姿态都是我们的，而且如此触摸着；
众神更强有力地压着我们。不过那是众神的事。

我们或许发现一纯粹、保守，且狭窄的
人间世界，我们的一长条肥沃的田园
在急流与岩石之间。因为我们的心灵仍常超越我们
一如往昔。我们不再能目送着它
进入图像中获得宽慰，或进入
神的躯体中，调节自己更臻巍然。

第二悲歌诠释

1

第二悲歌是依第一悲歌的头一节，再加以发挥演绎出来的，就以第一悲歌中的诗句"每一天使都是可怕的"起头。但在第一悲歌里，诗人向天使叫喊着，而天使处在人间极致的高峰，不闻那叫喊，因此我们只有在黑暗中吞咽着那"引诱的召唤"；在第二悲歌里，诗人感知了天使的可怕，却抑制自己，而开始向天使咏唱。"灵魂之鸟"，一方面暗喻着天使的翅翼，另一方面象征着，在高度精神的世界空间中自由的飞翔。第一悲歌里提到，当天使接近我们时，在他强烈可怕的存在之前，"我将消逝"；且在赞赏他时，他却"冷静地蔑视着，欲把我们粉碎"，因此，在此有"致命的"之形容。那么，诗人不只是单纯向天使歌颂，而且是明了了天使是一完美的、极致的存在而颂扬。

　　由于现代人和天使的隔绝，因此在现代人的眼光中，天使便成为一恐怖的存在。但在古代纯朴的人民心目中，天使是可亲的。据圣书外典（Apokryph）的《托拜阿斯书》，曾有大天使在虔诚的托拜阿斯家门口伫立的记载。里尔克在此感叹着人间与天使亲近的时代之远逝。"最光辉的人物"，当然指的是天使。据《托拜阿斯书》，笃信、善行的托拜阿斯，晚景萧条，拟派遣其子到远方去收回贷款，正好此时，天使以美少年姿态出现，立在家门口。小托拜阿斯好奇地向外张望，恰巧看到了和他年纪相若的天使。里尔克以此表现出与现代绝对不同的境遇。

　　接下去，笔锋一转，里尔克回到现代的"此刻"。当高不可企及的天使，从超越的星座下降，出现于我们面前时，不但没有亲切感，反而却令我们兴起毁灭感。这正好和托拜阿斯的时代，成一强烈的对比。那么，这些在现代人心目中，既可怕又危险的天使，到底是怎样的一种人物呢？里尔克用简洁有力的"你到底是谁？"提出了问题，然后在下节里加以回答。

2

　　天使是神创造天地时，首先塑造成就的人物，并具有多项优越特质的"创世的宠儿"，可类比于神最初创造的"崇山峻岭"，富有创造的光辉的朝阳所"映红的山脊"。"绽放的神性的花粉"，比喻着天使是传播神性的媒介，且必将获得结果。

接着以一连串的比喻，暗示出一秩序的、阶级的世界。"光亮的关节""廊道"，到向上引导的"阶梯"，以迄君临一切的"王座"。而天使是本质上的"屋宇"，由"廊道""阶梯"而能登堂入室的"屋宇"。由"屋宇"联想到壁上悬挂的"盾牌"以及战场上的"骚动"。

最后，里尔克形容个别的天使，是"把自己流露出去的美再吸回自己的镜面"的镜子。里尔克可能从但丁《神曲》的《天国篇》中所歌咏的"神镜"获得启示。所谓"神镜"，镜中能同时映出过去、现在和未来的情境。可是其中的影像，并非外界事物的反映，而是一开头就是镜中所有的。因此，事物是先从镜中流露出去，然后再反投于镜中。这样，"镜子"无疑象征着理想主义完美之永恒的存在。

3

相对于永恒不灭的天使，则人生是瞬时，且无常的。我们活生生存在着，但当我们在"感觉"的时候，我们的存在已在发散而消逝。天使是永恒的，因此他能把流露出去的再吸收回来；但人间是做不到的，一旦把自己"吐出"，便消逝于空中，无影无踪。这样燃烧着生命，一日衰竭一日，有如薪柴的火焰，愈来愈黯淡，只留下一些"微弱的气味"，也随风飘去。生命时常就是这样不明不白地耗尽了。

虽然有时候，有人会对我们说："你进入我的血液中，这房屋，这春季，都充满着你⋯⋯"情侣们就是这样痴情地互相蜜语着，但实际上，"他们只是彼此蒙蔽着他们的命遇"（第一悲歌句）。说这样的情话的时候，他们也正在消逝。因此这种话有什么用呢？徒然于事无补。正像女郎的美，从内心涌出，只在颜面上映现出光辉，瞬即消逝了。我们的事物之离开我们，有如露珠及热气的腾散。然而向何处消散呢？我们面部浮现的微笑，憧憬着高处的仰望，这样"新颖、温煦"的心的波浪，也不知要向何处远遁？我们就是如此这般，有着无法排遣的悲怀。

然而，从我们发散出的事物，并非我们所"属有"的，而是我们的本质。然则，我们的本质不绝如缕地"消融于其间的'世界空间'"，到底会不会品味我们呢？或者就把我们弃置而不顾呢？终究，我们所发散出去的本质，该占有些微"世界空间"的分量吧。若然，则"把自己流露出去的美再吸回到自己的镜面"的镜子般的天使，当其回归于"自己的镜面"时，总该多少会掺杂一些我们的本质吧。可是在他们回归时所激起的漩涡中，根本无视消融于空间中的人们的本质。他们的表情是那么冷漠、那么含糊。因此，原先的期望也落空了，"他们该多留神啊"。可是他们不！

4

有谁能体会和明白我们瞬即消逝的人间的存在呢？或许在神秘的暗夜中彼此爱抚缠绵着的恋人们会明白吧。至少他们会说"你进入我的血液中"等等，可是谁晓得呢？在万物中，人生是最刹那和无常的，因此万物都是神秘的，因为人们无能去理解。

树依然在苗长，家屋依然矗立着，唯有人生如一阵空气，消逝无踪。因此，在万物之前，我们只静默无语，其原因，半是羞耻，因为自己的无常，而有着不安定的存在感所引起的。关于此不安的、无所依赖的人间的存在，在第八悲歌里，里尔克更详细地吟咏着。

另外，我们在万物之前的静默无语，并非单是羞耻，还有一半理由是有着"不可言状的希望"。由于人们是万物之中最无常、最不安定的存在，因此在遂行人生的使命时，有攀升更高一层次的存在世界的希望。关于人们在此大地所负载的特殊使命，在第九悲歌里，有进一步的表现。

5

人间刹那的本质中，也不能有瞬即消失的存在证据吧。即使沉湎于恋爱中的情侣，他们的热情也不能有何永恒的意义。因此，里尔克在此节中，一开头便单刀直入地询问恋人有关人间的存在。你们在紧握的热情当中，也不能有存在的证据吧，你们有吗？

当我们举手祈祷，或其他类似的情形下，两手合掌时，两手便会互相知觉着；另外，当我们被生活所磨蚀了的"苍老的脸孔"，埋伏在两手间做短暂的休憩时，手与脸孔之间，也会互相知觉着。可是谁敢就此而断言自己已经存在？这能作为存在的证据吗？

在自觉生命无常且是不绝地消散着的存在人类当中，沉湎于恋爱中的情侣们，是不以为然的，他们认为在彼此的狂喜中，只有壮大自己（而不是消亡），甚至能压制对方，使其不堪忍受而哀求。他们也时常消灭，那是因为对方壮大得更占优势之故。在他们这样"幸福地互相触及"，因为爱情的"荫蔽的场所"是不会消失的，且有着"纯粹的持续"的感觉，所以他们不认为人生是无常的，也因此期待着从拥抱中获得永恒世界的实现。

其实，他们所相信的这种"纯粹的持续"及"拥抱的永恒"，到底有多少的确实性呢？如果把狂热中缠绵着的情侣们，予以分离，那么，是否会"依然相爱如故"？如此可见所谓"持续""永恒"云云，只是一种虚浮的幻觉，并无坚实的基础。最后的行为者（饮者）与行为之间的乖谬，更显示出疏离感，与人间存在的疑虑。

6

热恋中的情侣们，欲脱离人间的限制，信赖着爱情的"纯粹的持续"，并期待着"拥抱的永恒"，实际上，他们只是在痴狂中"彼此蒙蔽着他们的命运"。"他们业已在一起放荡，再也不能判明，分别彼此，再也没有自己的一点东西，怎能够从他们之中，从他们业已紊乱的孤寂深处寻觅出一条出路呢？"（见《致青年诗人书简》第七封信）。而终于迷失在情欲里。

古代人呢？如阿提喀的墓碑（Attischen Stelen）上所雕刻的别离场面，人们只是彼此把手轻松地放置在对方的肩上，表现出多么深刻的爱和别离的情愫。那双手看似无力，毫无重量感，实际上却蕴蓄着无穷的力量。那样冷静且自制的深沉的感情，岂不令我们感到震惊吗？这些双手轻置肩上的姿态，是古代人才能够做到的；而且那般轻松地接触，也是现代人所无能企及的。这样说来，古代人和现代人之间，似已变成俨然判别的两种类型了，好像是由不同的"材料所塑造"。

里尔克于此指出现代人存在的幻灭感与迷失。

7

最后，里尔克仍希望能获得自救之道，盼能"发现一纯粹、保守且狭窄的人间世界"，那是在"急流与岩石之间"的夹缝中的一块"肥沃的田园"。"急流"象征着无常地流逝的"时间"，而"岩石"则暗示着干旱与荒漠的存在之"空间"。

那么，何以古代人能够安住于此肥沃的田园中，而今人却要流离失所呢？人们的心灵想超越于自身，是古今一同的。然而不同的是古人之企望超越，能从艺术中获得宽慰，也能从神的信仰里使自己更臻成熟。可是，不受神的象征性所约束的现代人，艺术与信仰（对神或自然），对他们都成为蔽障。因此，现代人仍然在"急流"中沉溺，在"岩石"间焦灼，而不能进入夹缝中的沃土。

第三悲歌

第三悲歌

歌咏情人是一件事。可是，
歌咏那隐藏着罪恶的血腥的海神，是另一件事。
她从遥远认知的那青年恋人，他自身知道什么
关于情欲主宰的事？情欲的主宰常在青年的寂寞中，
（在少女给予青年以抚慰之前，她常不存在似的）
啊，从那不可认知的事物滴落，抬起神样的头部
召唤着夜向无终止地骚动。
哦，血腥的奈普顿海神，哦，恐怖的三叉戟。
哦，从螺旋状的贝壳吹来它胸中扬起的暗黑的风。
听啊，夜如何把自己弄成坑洼与空洞。
你们群星，不是源自你们对着恋女的面容
那种情人的欲念吗？他不是专心地
注视她纯粹的脸庞，得自纯莹的星座？

为了期待而把青年的眉毛的弯度紧张着的

不是你，啊啊，也不是他的母亲。

不是为了你，感触着他的少女，啊，他的嘴唇

不是为了你而弯曲着丰盈的表情。

你有如晨风般飘移，你果真想象着

你轻快的出现会给他如此的震颤吗？

确实你惊扰他的心；而古老的惊惶

在感动的冲击中袭进他的内心。

召唤他……你不能全然在黑暗的交合中把他唤出。

真的，他愿意去，他跃出；轻盈地

他住进你舒适温馨的心房，自己承受，自己开始。

可是他曾经开始过吗？

母亲啊，你使他藐小，是你令他发轫；

对你，他是新的生命，你在他那崭新的眼睛之上屈身于

亲切的世界，并阻绝了那陌生的世界。

啊，你为他单纯以纤弱的姿态代替

汹涌混沌的岁月已往何处？

你这样对他隐瞒了很多事；你使夜里可疑的房屋

成为无害，从你满是隐蔽场所的心房

你把人性空间和他的暗夜空间相混。

不在黝暗中，不，在你更接近的存在中，

你安置了夜晚的灯火，有如发自友情的光辉。

无论何处的爆裂声，你都能用微笑加以阐释，

有如你早已知道，何时床板即进行……

而他倾听着，镇静下来。在你起身时

非常的温柔；在衣柜的背后，他的命运

高高躲入大衣中，他不安的未来
轻轻移转着，隐身于帷幕的皱褶里。

而他自己，当他躺卧着，心安理得，
在昏然欲睡的眼睑下，你轻盈的身姿
把甜美溶入睡前的浅眠中——：
看似一位受到周密保护者……可是在深处：是谁
在他内心捍卫和防阻着原始的血流？
啊，在睡眠者的内部曾经毫无警戒；睡着
梦着，且在昏热中：他如何从事。
他，畏怯的新生儿，如何陷入
在内心成长而向外伸展的蔓草的纠缠中
就已交织成花纹，成为令人窒息的繁茂，成为
猛兽追逐的姿影。他如何献出自己——。爱着。
爱他的内心，他内心的荒芜，
他里面的原始林，在他那默默的崩坏物之上
他的心绿意盎然地立着。爱着。离开此地，
以自己的根走向了强力的起源，
在此，他小小的诞生已经超越了。爱悦地
他下到古老的血液，下到峡谷，
恐怖的怪物饱食了祖先的鲜血，横卧的地方。
每一怪物都认识他，眨着眼，好像心中已明了。
是的，那怪物微笑着……母亲啊
你很少对我这样温柔地微笑。既然它已
向他微笑，何以他不爱它呢？在你之先

他曾爱过，自从你把他带走
怪物就溶入使胚胎轻轻飘浮的水中。

看吧，我们不像花卉那样，以仅仅一年的时光
来恋爱；倘若我们恋爱，就从双臂间
升起无法记忆的太空的津液。哦，女郎
这些：在我们之间相爱，不是一个，不是一个未来的存在，
而是无数的逝者；不是单一的孩儿，
而是有如山岳崩陷，在我们的底层
躺卧的父亲们；而是过世的母亲们的
干枯的河床——；而是在那阴霾
或晴朗的天命之下，全幅无言的
风景——：这些都比你捷足先登啦，女郎。

而你自己，你知道什么，你在情人的心中
唤起洪荒时代。何等的感情
从逝去的人生激动起来。何等的妇女
在那里憎恨你。什么样的男子
你从少年的血管中把他鼓舞起来呢？
死去的孩童求你……哦，静静地，静静地，
为他做一件爱的信物，可资信赖的日常工作吧，——
引导他走向花园，给他以
夜的优势吧……
　　　　抑制他……

第三悲歌诠释

1

　　此首悲歌描述肆虐着年轻人的性冲动的一股黑暗力量。在第二悲歌里，里尔克指出了"彼此蒙蔽着他们的命运"的爱侣，自以为爱情所"荫蔽的场所"是不会消失的，且有着"纯粹的持续"的错觉，可是，实际上，情侣之间，尤其是青年男子，绝不是单纯的爱所能维系的，还要加上从古老的祖先一直遗传下来的性欲的冲动。

　　在此第三悲歌里，里尔克一开头，便把爱和性欲的冲动俨然分开。"血腥的海神"象征着受遗传的血液所控制的、无理性的、超乎个人的性的冲动。青年人是寂寞的，而少女从遥远处便认知他，并向他频送爱的秋波，当青年人一接触到那示爱的眼光时，"性欲的主宰"的"血腥的海神"，便在他的内部，在他毫不觉察的情形下抬头了，在青年人的内部，唤起了夜一般黝暗的力量，引起无限的骚动。

　　接着，里尔克描出了"海神"的形象，在罗马神话中，海神奈普顿（Neptun）象征着法的威猛，手持"三叉戟"象征着冲击陆地的巨浪的暴力。"螺旋状的贝壳"象征着呼啸狂风的威力。因此，"性欲的主宰"的海神一显身，便引起无限的"骚动"。这种骚乱也就是象征着青年人，受到情欲的肆虐所造成的激动。被黑暗的夜所压制了的青年人，就像是被海神所翻覆了的船夫一般的，在载浮载沉中，仰望天上的群星，以无限的爱情，仰望着那来自"纯粹的星座"的"纯粹的脸庞"。在此，那星星般的少女的脸庞，即暗示着少女给沉溺于黑暗中的青年，展现出光明。

2

　　上节描述到，少女对青年展现着光明，但仅此，尚不足（且不能）把青年从黑暗的深渊中拯救出来，还必须青年自己对未知的人生有着期待的热望。眉毛紧张成弧状，嘴唇有了丰盈的表情，都在表现着青年的成熟，可是在青年的心目中，以为这既不是由于他的母亲，也不是"感触着他的少女"有以致之，他认为在生命中最接近的这两位女性，对他的成熟都是无关的。

　　因此诗人对这种错觉的观念，提出了纠正，而对少女如是歌咏着：当你像晨风一般，飘逸轻快地出现时，确是会令他惊异吧，可是在"感情的冲击中"，还有比这"惊异"更"古老的"，自祖先遗传下来的性欲的冲动，可怕地在他的内心蠢动；你就在外面召唤他吧，无论如何，你却不能赢过海神的力量，因为你不能完全把他从"黑暗的交合中"召唤出来。

这里显示了里尔克对男女感情的不同看法以及他的批评。在《致青年诗人书简》中，有可以互相印证的立论："男人是情欲、如醉如痴、及浮躁不宁的，而且满怀古老的骄傲"

（第三封信）。总而言之，对爱情的态度，女子是人性，而男人是情欲的。

实际上，青年是衷心地愿意挣脱海神的手掌，而接受少女的爱的提升，以便跃离其内部的黝暗的世界，而投入少女"舒适温馨的心怀"。这种跃升，即意味着从情欲的、超乎个人的、下意识的世界，进阶到人性的、意识的世界。这才塑造成"自己"，能够承担自己，也就是自己存在的起始。

于此，就追溯到生命的起始。因而，诗人即以母亲与诞生的新生命的相关，代替少女与青年的地位而歌咏着。"你使他藐小"，意味"你使他藐小的生命出世"。在此，女性展现着母性的爱，她俯身下来，正好在幼儿仰望的眼睛的上面，组成一温馨的、幸福的、亲切的世界。并给幼儿以护卫，以免受到恐怖的、陌生的世界之威胁。

母亲处处护卫着幼儿。对幼儿来说，外界是一"汹涌的混沌"的状态，而母亲即以其"纤弱的姿态"立在幼儿之前，遮住了混沌的世界，不使幼儿生恐怖之心，那么"夜里可疑的房屋"在母亲现身时，也就成为无害了。母亲所给予幼儿的是一"亲切的世界"，因此要对他隐瞒邪恶的种种，

所以母亲的心，对幼儿是"隐蔽"一切威胁与不安的"场
所"。这里和前面描述的：少女的心对青年是"舒适温馨"
的说法相呼应。原来"暗夜的空间"对幼儿是极具威胁与不
安的，而母亲即以"人间的空间"混入，使其感到亲切，不
再恐怖。即使母亲已"安置了夜晚的灯火"，也不令幼儿处
"在黝暗中"，而是在"更接近的"空间，使他倍觉亲切与
温馨。在夜里，无论何处发生什么声响，甚至床板的轧轧的
怪音，母亲恒即面露微笑，使幼儿安心。母亲的微笑是最好
的解释，倾听着的幼儿，便会"镇静下来"。不能入眠的幼
儿，在这样的亲切与灯光的笼罩下，不安的命运与未来的幢
幢阴影，便会躲藏而隐身不见了，因而能够安然入睡。

3

上节说到，在母亲的护卫下，幼儿可免于外界恐怖的威
胁，安然入睡。而第二节描写的是，躲避了外界恐怖的幼
儿，如今陷入内部的恐怖世界的深渊中。

母亲"轻盈的身姿"的形象，摄入他那"昏然欲睡的眼
睑"中，造成幸福至美的安心，因而在品尝着朦胧的浅眠的
快感中，也更充满了甜美。实际上，此种宁静是短暂的，几
乎稍纵即逝。在这样和平的情景，他仅仅"看似一位受到周
密保护者"，此即暗示着表面上宁静的景象，在底部却有恐
怖而黑暗的世界的"原始的血流"在汹涌着。那么，有谁能
在他内心捍卫和防阻呢？

幼儿"睡着，梦着，且在昏热中"，乃描述着一步一步

地陷入骚乱的暗黑的深渊，陷入"在内心成长而向外伸展的蔓草的纠缠中"。他的内心有如热带的密林那样恐怖的世界。枝柯交错编织成了各项"花纹"与"令人窒息的繁茂"，还有"猛兽追逐的姿影"，都是密林中的景象，比喻着幼儿内部世界的荒芜，有如一片原始森林。

然而在这样恐怖的世界中，童稚的心毕竟是一新的生命，因此在密林中倒下的腐朽巨木的"默默的崩坏物之上"，他的心灵，有如新芽一般"绿意盎然地立着"。离开而踏出自己内部的世界，进入超个人的生命的源头。

幼儿下降到古老的血液之传统的峡谷，那是怪物躺卧的地方。"怪物"即象征着先于个人而存在着的生命的源泉。因此吞噬了我们的祖先，饱食了我们祖先的血液的怪物，对于出自他们的幼儿的新的生命，自然认识而且了然。

象征着生命源泉的"怪物"，既恐怖，又可亲，既给予威胁，复施以诱计。因此对着幼儿，比母亲还温柔地微笑着。最后，且溶入母亲的胎盘中，胎儿就在此源泉生长。

4

于赞颂了母爱与新生的婴儿之后，里尔克又回到第一节的主题。然而，现在，青年觉醒了，当他长大成熟时，他就明白了所受到的过去的遗传，以及他在不息的民族衍生的历史中所占的地位。

诗人如是歌咏着：花卉每年都要复演一次萌芽、开花、结果，然后枯萎，所以那样的爱情，仅仅一年的时光而已，可是人间就不同了。当青年爱着一位少女时，"就从双臂间，升起无法记忆的太古的津液"，这是把人比喻为树木，胎盘的津液就像大地的乳液一般升起，流向枝柯似的手臂。"无法记忆的太古津液"，即描述着历代的遗传。因此一个婴孩的出世，并不仅仅是一个新的生命，"一个未来的存在"，而是无数的父亲们与母亲们绵衍下来的不断的命脉。"全幅的风景"，象征着过去、现在、未来，一贯的、整体的生命。

5

在里尔克的心目中，女性对爱情的态度，虽较具人性，然而她们对男子容易激动的感情也是不明了的。在此，里尔克仍然呼吁女子，要促进、抚慰及抑制男人，要静静地"为他做一件爱的信物，可资信赖的日常工作"。此诗句即意味着吁请女子留在家中，"花园"即象征着安详与美，亦即第二悲歌结束时的"沃土"。

此悲歌末节，对女子的要求，和第二悲歌结束时，对一"纯粹、保守、且狭窄的人间世界"的向往，前后呼应。

第四悲歌

第四悲歌

啊，生命的群树哟，啊，何时是寒冬落叶之时？
我们不是一体。不是像候鸟一般的
熟谙。追逐着，但已迟了
所以我们突然逼迫自己逐风而行
却投落入冷漠无情的水池里。
花开和凋谢都同时在我们的意识中。
无论在何处，狮子仍然踱着阔步，
且威风凛凛，不知何谓颓丧。

可是，当我们全心思索着一件事，
却感觉已展现了其他。对立
最紧靠着我们。互相之间
允诺着广阔的世界、狩猎以及故乡的
恋人们，难道不是经常踏入疆界。
在彼方，为了一个瞬间的素描

对方的基地业已辛劳建立，

犹似我们看见了那素描；因为我们

已被充分了解。我们不清楚情感的轮廓：

只明白从外部给予塑形的东西。

谁不心焦地坐在他的心的幕前？

幕启：布景是别离。

不难领悟。熟知的花园，

且轻轻摇荡着：接着出场的是舞蹈者。

他不行啊。够啦!当他灵活地舞着，

他是假装着的，且成为市民

就从厨房走进房屋。

我不要这半遮的面具，

宁要玩偶。玩偶是充实的。

我会忍受这躯体、金线，以及

只是外貌的面容。这里。我站在舞台的前面。

即使灯光熄灭，即使我听说：

结束了——，即使从舞台

把空虚随着灰色的串风吹来，

即使我的静默的祖先们没有一人

坐在我身旁，没有妇人，也没有

茶色的斜眼睨视着的孩童：

我依然留下。目不转睛地注视着。

我不对吗？父亲啊，你为了我备尝着

人生的苦涩，品味着我的生命，

我的必然中的最初的浊夜，
当我成长时，不断一再地品味着
以这般奇异的未来的余味，
并检验着我模糊的仰望，——
而你，父亲哟，自从你亡逝后，常常，
在我的希望，我的内心，焦急着，
且把恬静，有如拥着死亡的，
恬静的王国抛弃，只是为了我琐屑的命运。
我不对吗？而你们，难道我不对，
为了我对你们小小的爱的开端
而爱着我的你们哟，我经常在离弃那开端，
因为我所爱的你们的颜面之中的
空间，移向你们不再留住的
世界空间……当我殷切地
在玩偶的舞台前期待着，不，
太过于凝神了，所以在我的视力
终于均衡时，一天使有如演员般
高跃着躯体而来。
天使和玩偶：最后是演剧。
然后在我们的存在中，我们不断地
把俨然划分的事物联结成一体。此时
在我们的四季中，首次出现全体转移的
圆环。超越于我们之上
天使表演着。看啊，垂死者
难道不该揣想我们在世上所成就的一切

如何充满着遁词。一切
都是空白。哦，童年的时光啊
形象的背后都只是超越于往昔的事物
在我们的面前没有未来。
我们确实在成长，且我们时常催促着
早日长大，半是承欢那些
除了已是成人外一无所为的人物。
而在我们单独行进时
我们喜悦那永续不断的事物，并且站在
世界与玩具之间的中间地带，
在太古以来为纯粹的一事件
而建筑的场所。

谁能陈示，和他一般模样的孩童？是谁
把他放置在星座间，把距离的量尺
递给他的手掌？是谁可用灰色的硬面包
塑造孩童之死，——或者就让死含在
圆形的口中，像一颗
美丽的苹果的核仁？……凶手
容易查出。可是这：死亡，
全部的死亡，即使在生命之前
还是这样的温柔而不愤怒，
却难以描述。

第四悲歌诠释

1

一开头，里尔克即以感叹的语调歌咏着：

啊，生命的群树哟，啊，何时是寒冬落叶之时？

"生命的群树"（Bäume Lebens）可以有两层的看法：一是相对于"自然的树木"之谓，其次是以树木来象征生命与自然的协调。另外，我们还可以联想到伊甸园中的"生命树"。（吃了生命树上的果子，便可获得永生，但这是上帝所不许的。见《创世记》第三章第廿二至廿四节。）

接着，诗人对着"生命的群树"发问："何时是寒冬落叶之时？"这是两种相反的状态。"生命的群树"象征着与自然调和的世界，而"寒冬落叶之时"，则象征着与自然的乖离，被弃绝于调和的世界之外，而成为孤零零的存在。

候鸟能够随着季节的变换而迁移，好像和自然有着深刻的默契。然而我们无能和自然协和成一体，不能像候鸟那样对自然有默契和熟谙。即使我们如何追逐自然季节的运行，终归迟迟落后，因此我们尝试投入强烈的风中，"逐风而行，但却落入冷漠无情的水池里"。

因此，当人间与自然之间无能成立一调和的世界，则在"生"中，仍然会意识着"死"，所以花开和凋谢之间的过程，只是瞬时的，几乎同时在我们的意识中并存。而相反的，在原野中昂首阔步的狮子，精神饱满，"威风凛凛"，根本不知"颓丧"是如何一回事，更不用说"死"的意识了。

这充分描写了人间弃绝于自然之后的失落。

2

在"生"中意识着"死"，在"开花"时，同时想到"凋落"，人类就是这样"思索着一件事"的时候，却常常"展现"着完全相反的意识，这种疆界俨然分明的"正""反"的对立关系，是"最紧靠着我们"的。

或许恋人们就没有这种疆界意识吧，因为他们之间互相期许着无际的广阔的世界，在其中，可经历着在互相追求中带有冒险意味的喜悦（狩猎），且能够有如在"故乡"那般自在安舒的场所。可是他们不是也常"踏入疆界"，而受到阻扰？

譬如说，恋人们为了"一个瞬间的素描"——那是充满了憧憬，洋溢着生机的瞬间——而受到"对方的基地"的阻绝。"对方"当即意指着疆界的彼方，亦即和"爱的憧憬"的此方，成了一种对立关系。"我们已被充分了解"，当意味着"人间事莫不如此"。可是，我们对发自自己内心的情感反而不清楚，所明白者，唯被限制于外部（疆界以外）的情状而已。

对自己内心的隔绝，谁都会有惶恐不安吧，因而诗人引导着我们坐在"心的舞台"前。幕启时，布景上写的是"别离"，此并非人生的别离之谓，而是前述正反两种意识的过渡。那布景"轻轻摇荡着"，表现一种通俗的、现实感的场面；布景中的花园，则是一宁静生活的象征，亦即与第二悲歌结束时的"沃土"同其意味。那么布景上所谓的别离，当即此"所憧憬的"，与"现实的"的一种别离吧。

在"心的舞台"上，首先出场的是"舞蹈者"。"舞蹈者"当系意味着"恋者"，因为"舞蹈者"，是把自己内部洋溢着的生命的旋律，借躯体的舞蹈动作表现出来，而同样的，"恋者"也认为自己内部洋溢着生命力，且因此而陶醉着。"他不行啊，够啦"，舞者之所以被喝倒彩，显然是因为恋者与真实人生的隔阂，因此，他所表演的，不能被诗人接受。虽然看来他确是精力充沛地、"灵活地"舞蹈着，其实都是"假装的"。正如前述，他们互相期许着辽阔的世界，毫无际涯，不受阻碍，其实也是假的，因为实质上他们仍然"经常踏入疆界"。"且成为市民，就从厨房走进房屋"，更进一步表现恋者之成为世俗人，且进行着俗务的矫情。

因而"舞蹈者"，只是一"半遮的面具"，因为把他的本质虚饰了，与此对比起来，"玩偶"反而是"充实"的了，毫不作伪。所以诗人歌咏着不要半遮的面具，宁要玩偶。虽然"玩偶"是"充实"的，有着躯体、金线、外貌的面容，却没有精神，没有生命力。可是诗人仍然能够"忍受"，且"站在舞台的前面"聚精会神地观看着玩偶戏。因"玩偶"虽无生命力，却是"假冒"的，因而"玩偶"可以使人忍受，"舞蹈者"却无法令人卒睹。

舞蹈节目象征着表里不一致的狂热的"恋者"，相对地，玩偶戏便象征着固守着本质的、冷静孤独的艺术家。

到此，玩偶戏结束了，"灰色的串风"，暗示着不毛与绝望。在玩偶戏上演间，与诗人同在的观众，有"静默的祖先""妇人""茶色的斜眼睨视着的孩童"。此孩童为里尔克的堂兄Egon von Rilke，是里尔克少年时代唯一的友伴，意指着生活于成人所不知晓的内在真实世界中的孩童（请参阅《给奥费斯的十四行诗》第二部第八首）。实际上这些观象都是存在于诗人自己的内心，存在于内在空间的同伴，因此剧终时，他们便消失无踪影，留下诗人单独地"目不转睛地注视着"，期待着什么事物要出现。

3

诗人原先是被指望成为一"健全的"市民，过着世俗的生活，可是相反的，因他的决意而成了一名诗人，因而对其亡逝的父亲，乃有了内心的歉疚，而感到不安。因此，诗人在这里向其亡父叙说着他的立场。

这里，以"浊液"，比喻着人生，暗示着动荡与不安。父亲一直关怀着儿子的生命与未来，甚至当其亡逝后，仍不能在死亡的国度里平静地休息，仍甘愿抛弃那恬静，在儿子的内部焦急，只是为了儿子的"琐屑的命运"。

接着，诗人向他曾经所爱的恋女们，也表达了他认为正确的生命的方向。原先他所爱的，也并不是那些女郎本身，而是她们"颜面之中的空间"，那空间显示着在憧憬中，一种超越于自己的巨大的事物将要出现的场所，而如今诗人更追向了一更高层次的"世界空间"。（在第一悲歌里，我们已提起过，"这是超越于人们所生存的人间，而为天使所居住的世界"）。

诗人对着存在于其内在空间的父亲，以及他曾经爱过的恋女们，分辨着他生命的路线是没有"不对"的。这时，他仍然一直在"心的舞台"前"目不转睛地注视着"，至"太过于凝神"时，也就是其自我意识的活动静止时，他所期待的，原本就是"天使"，终于出现了。

此处，"天使"象征着一种"创作的撞击"，或所谓"灵感"。因为他的出现，使得"无生命的玩偶"的艺术作品，洋溢着生命的活力，"高跃着"，而顿现一片生趣蓬勃。此时的艺术家（诗人），显然已进入了一最高层次的生命的调和世界之中了，能够"不断地把俨然划分的事物联结成一体"，因而，无常的、时刻都在流逝的四季遂成为永远的现在，"全体移转的圆环"周而复始地回转，既已逝去，忽又重现。

　　天使的出现，就是一种完成。而人生最后的完成，是死亡。当垂死者一息尚存濒临断气时，已到了完成的临界点了。此时，回想到人生在俗世上的所作所为，都是一些蒙蔽了真实的遁词，都是白费力气，而对本来的"自我"的塑造，留下的只是空白，毫无所成。

　　接着，对失去的"童年的时光"赞颂着。在目前生活着的孩童的眼中，所存在着的"形象的"世界背后，"只是超越于往昔的事物"，他们并不焦躁不安地期待着未来。他们不断地成长，有时为了承欢成人，也盼望着自己"早日长大"成人，但在他们"单独"的世界里，他们宁愿喜悦那"永续不断的事物"，或"纯粹的事件"，而不愿落入俗世的陷阱里。里尔克称此孩童的处境，为"站在世界与玩具之间的中间地带"。世界云云，系指成人的世界，或俗众的世界。

　　那么诗人在此对童年的赞颂，实是对自己所决定采取的一种肯定态度，也就是前述对父亲与恋女们的辩解中，所表示的自己的立场的追叙，而前后互相呼应。

4

　　诗人继续对孩童歌咏着。"把他放置在星座间"，所谓"星座"，是精神上的领域，超越于成人的世界，是高高在上而闪熠着的世界。"距离的量尺"，即意味着得有把握和成人的世界保持着距离！

　　最后，诗人赞颂着孩童的死。"用灰色的硬面包塑造孩童的死"，以变硬的面包比喻着"温柔的"死亡之成为宁静而坚定。"让死含在圆形的口中，像一颗美丽的苹果的核仁"句，可参考里尔克《给奥费斯的十四行诗》第一部第十三首：

> 饱满的苹果、梨子和香蕉啊，
> 还有醋栗……一切都在口中
> 谈论生与死……

"死"，包容在"生"之中，犹如核仁在美味的苹果内，那么死是不时地包容在孩童的内部之中的，因此，即使孩童在尚未踏入人生的门槛之前便已死亡，也不愤怒，仍是宁静温柔地接受。

第五悲歌

第五悲歌

献给赫达·柯尼希夫人

他们是什么人，说吧，这些流浪的卖艺人
这些比我们自己还要飘浮不定的人，他们迫切地
从早为谁——啊，到底为了谁是爱者
一颗从不满足的意志拧绞着？
可是意志把他们拧绞、弯曲、卷绕，且摇荡着，
把他们投出又接住；有如从涂油的
更光滑的空中，以他们无止境的跳跃
落到薄而褴褛的毛毯上
被这宇宙中遗弃的
毛毯上。
好像郊外的天空把大地击伤
而贴上去的一帖膏药。
可是他们很少在彼处，

直立着，此处显示出：大写字母般
站着……而为了好玩，以节节前进的手柄
把最健壮的男子汉也滚转着
有如英勇的奥古斯特王
在桌上玩着锡盘。

啊，围绕这
中心，凝视的蔷薇花瓣：
绽放而又散落。围绕
这杵槌，这雌蕊，以自己
盛开的花粉去触抚，而再
孕育着不悦的虚假果实，他们
从不自觉，——在极薄的表皮闪耀着
假笑且不悦的光芒。

那边，衰萎而满面皱纹的举重手，
如今还一直在击鼓的老人，
萎缩于他那松懈的皮肤里，那皮肤
看来好像曾经能够容得下两个男子，
一个如今躺在墓地，他活得比另一个还久，
耳聋而且常常有些错乱，
在失偶的皮肤里。

可是那青年，有如硬颈与尼姑之子的
那男人：紧张且结实地充塞着

筋肉与纯朴。

啊，你们
曾经把依然幼嫩的一种忧愁
在那长期的病后疗养中
当作玩具接受下来的你们啊……

你，有如只知道果实似的
击打着，未成熟的
每日每次从共同建立的技艺之树上
落下（那是比喷水还急速，在刹那间
有着春、夏和秋季的树）——
落下且在墓上反跳：
常常，在短暂的休憩时间里，你抬起
可爱的面容，朝向你很少慈祥的
母亲；可是那胆小的
很少敢试探的眼光，就在你外表耗损的
身上消失……而且父亲再度
拍着手，召你跳跃，而常在你还没清楚地意识到
一阵痛苦逼近急跳的心脏之前，
足掌的焚烧引起，数点肉体的泪滴
急速奔入眼眶中。
然则，盲目的，
微笑啊……

啊，天使哟！摘取那小小花朵的药草吧。
制造一尊花瓶来保存吧！插进那
尚未对我们开启的喜悦里；在可爱的坛中
以锦簇感奋的文字赞誉：

　　　　　　　　　　　　　"舞者的微笑"。

然后是你，可爱的，
你，以最动人的喜悦
无言地跳越过去。或许你镶边的流苏
为你感到幸福——，
或者覆盖着你青春丰润的乳房的
绿色金属性的丝绢胸衣
感觉自己无限的纵情，且什么也不缺乏。
你啊，
经常变化姿态放置在平衡而摆动的天平上的
木然的市场水果
公然安置在众多的肩膀之间。

何处，啊，何处有此场合——我在心中盘桓着——
那里他们长久还不能学会技艺
却有如非正常结合而交尾着的动物
互相离弃而落下；——
那里重量依然很重；
那里他们徒然地
用棍棒回转着盘子

蹒跚着……

而突然在这疲惫的乌有的地方，突然
在难以言宣的处所，那里纯粹的过少
不可思议地转变——，变化成
那空虚的过多。
那里多位数的计算
除不尽。

无数的广场，啊，巴黎的广场，无涯的舞台
女装社老板，赖茉露夫人
不安的世间的种种道路，无尽的彩带，
卷绕且盘缠，编成新发明的蝴蝶结，
褶边、饰花、徽章、人造果实——，都
涂上虚伪的色彩，——为了装饰
命运的廉价的冬帽。
……

天使啊！还有我们不知何处的广场吧，
在那难以言喻的毛毯上，
从未带来技能的恋人们，大胆表演着
惊心动魄的高空姿态，
表演着他们的喜悦之塔，
在没有土壤的位置，久久地
只是互相倚靠的摇摆的梯子，——能做到噢，在周围的观众，无数的沉默不言的死者之前：
因此这些死者不是抛掷出他们最后的，边储蓄
边隐藏的，我们无所知悉的
有永恒价值的幸运货币，最后露出
衷心的微笑静静立在毛毯上的
一对伴侣之前吗？

第五悲歌诠释

1

第五悲歌，歌咏那些在街头或广场表演杂技的卖艺人。里尔克的此项题材，主要来源有二。其一，得自毕加索的绘画《街头卖艺者之家》（*Famille de Saltimbangues, 1905*）。里尔克于第一次世界大战中，1915年6月至10月间，在慕尼黑维典迈耶街的赫达·柯尼希夫人（Hertha Koenig）的宅第中居住时，曾日夜观赏，留下了很深刻的印象。柯尼希夫人，生于1884年，是一位女作家，1910年与里尔克在柏林相识，当时，毕加索的《街头卖艺者之家》，收藏在她府邸（现藏美国华府国家艺术馆，笔者于1976年6月于华府时，曾观赏），所以里尔克于1922年2月间，在穆座执笔写此悲歌时，那印象自然而然地涌现脑际，从题献给柯尼希夫人这一点，更可以证明。

其二是，里尔克于1906年至1907年之间，曾在巴黎的卢森堡公园看到一群卖艺者的表演，里尔克对他们的演技有很精细的观察，并深受感动。这些都是里尔克写第五悲歌的背景。

话说，一开头，诗人就发问，这些流浪的卖艺人，是什么样的人物呢。人生是无常的，然而这些比我们还要无常、飘浮不定的人，到底是谁呢？诗人并非向谁发问，也不期待回答，而是从他深受感动的内心中涌起的一种思维。

"从早"（Von früh an）兼有"从清早起"和"从幼小时候起"的双重意味，表现了一生中日日不歇地奔波与演出，而背后有一巨大的、从不满足的意志在支使与催迫着他们。接下去几句，且暗示卖艺者在空中表演的动作，以及人生的苦楚与无可奈何。从来去自如的"更光滑的空中"落到"褴褛的毛毯"，是很强烈的对比。"大写字母般站着"，显示出得自毕加索画的灵感，其画左侧的五人群像的轮廓，正是一"D"形，而与"站着"的原文Dastehn开头的大写字母一致。可是从空中落下的卖艺者，并不能就此稍息，而立即被"意志"（那"最健壮的男子汉"）毫不放松地、戏谑地驱使着，在"褴褛的毛毯"上打滚，好像一张不值钱的"锡盘"，在桌上被玩弄着，而且玩弄的人，又是残忍成性，且精力过人的暴君奥古斯特王（August der Starke，1670—1733），更强化了卖艺者的悲惨命运。

里尔克在此，完全以卖艺者，来象征人类之扮演他自身的人生角色之可怜状，一开头就展现了这么强烈的迫力。

2

　　所谓"凝视的蔷薇花瓣"，指围观的群众，好像一多瓣的蔷薇花，其"绽放而散落"，喻观众的集拢与离散。在地上跳跃起落的卖艺人，以"杵槌"形容，接着的"雌蕊"，是"杵槌"的同格语，而"盛开的花粉"，喻卖艺人践踏地面而扬起的飞尘，布满他的周围。可是这"雌蕊"与"花粉"的"触抚"后，所"孕育"的却是"不悦的虚假果实"。卖艺者"极薄的表皮"所"闪耀"着的是假笑，掩饰不了内心的苦楚，而表面上又不得不展露笑容，以取悦观众。悦人的自然的花，所结的是真实的果，相反的，不悦的他们，孕育的便是虚假的伪果了。

　　此节更强化了人生之无可奈何的境遇。

3

　　以下，里尔克所描述的是卖艺人的全般情形，接下去是单一的，更深一层的刻绘。

　　昔日存有着"力拔山兮"气概的举重手，如今已衰老了，沦于为人擂鼓的末流，令人有不胜今昔之慨。当年是身强力壮、体型魁梧，如今已瘦瘪到只剩下一半。尚不仅此，在生理上，既已"耳聋"，在精神上"且常常有些错乱"，显示生命已到了衰萎不堪的程度。

4

这一节勾画出"紧张且结实地充塞着筋肉与纯朴"的青年形象，和前节的萎缩老人，成一强烈对比。"硬颈之子"，比喻着顶天昂首，结实有力的青年，至于"尼姑之子"，或许暗喻着一种克制内心情感的澎湃，而在表面上极力镇静的男子。

5

在描述老迈的举重手及强壮的青年后，里尔克的笔锋转向少年和女郎，此处的"你们"，指的是下面就要描述到的两位可怜人，在此先予总括而歌咏之。

在这四句诗里头，歌咏的是从幼小就与常儿殊异而饱尝了"忧愁"的卖艺者，在以后渐渐成长的长久岁月里，此种"忧愁"仍像病魔那样纠缠着，使他们处在一种长期的"病后疗养中"，不能完全摆脱。实际上，只要他们保持卖艺走江湖的身份，他们就无法摆脱，而且也很知命地把"忧愁"当作"玩具"般，在手中玩耍着。

6

这一节描述那可怜的少年。以"技艺之树"比喻叠罗汉。里尔克形容他们叠罗汉的动作之快，"比喷水还急速"，刹那间，从开始叠罗汉（苗长的"春"），到巍然耸立（繁茂的"夏"），然后还原（凋落的"秋"）。可怜的那位少年人，每天不断地随着表演，且是站在罗汉顶上最高的一位，好像"树"上的果实，一颗未成熟的果实。"未成熟"，形容其生理，兼及技艺，由于技艺的未成熟，更衬托出这位生理未成熟的少年"玩命"的可怜与危险。他每次从罗汉顶上"落下，且在墓上反跳"，脚底下便是死亡的领域。

在表演后，"短暂的休息时间里"，少年企求获得抚慰与母爱的关怀，可是他的母亲由于生活的逼迫，也在如此的卖艺中度日时，那已木然的表情，再也看不到一丝慈祥的光辉，因此，少年那怯懦的渴望的眼光，就在"外表耗损的身上消失"了。

在这"短暂的休息"中，连一些安慰也得不到的少年，又听到父亲在拍手，召他再表演跳跃的节目了。在这样接二连三的表演中，虽已疲累不堪，却因"意识"的时间都没有，尚未感到"痛苦"，然而，"足掌"不知有多少次与地面相击后已开始发烧，到不可忍受的程度，禁不住淌出了数点泪滴。"肉体的泪滴"，喻因生理上的痛极而泣，非心理上的悲伤而哭。

此时，少年的脸上，展现了天真的"盲目的微笑"，这和第二节听说的"假笑"不同，因为那是为了取悦观众而造作虚伪的笑，而这是从少年的无邪的内在涌现的笑，泪滴中的微笑，多么纯真、可爱，而纯真、可爱的，莫不是美。

7

在此，里尔克向天使呼求把微笑，那"小小花朵的药草"加以摘取，而保存于花瓶中。因纯真的微笑，可以医治心灵的苦痛，极应妥为保存，不宜任其萎谢。要培植在"那尚未对我们开启的喜悦里"，使我们同样承受那花朵的馥郁。

8

接着，里尔克转向另一可怜的角色，一位成年的女郎。每一位女郎都有一段青春甜美的黄金时代，然而对卖艺的女郎来说，那"最动人的"少女时代，与她无缘，"无言地跳越过去"。她的幸福与天真烂漫的时代，被"镶边的流苏"，以及覆盖在"青春丰润的乳房"上、发出闪闪的绿色金光的"丝绢胸衣"取代了。那流苏与丝绢胸衣是卖艺女郎特殊的服饰。她被举起在其他并立着的卖艺者的肩膀上，好像"市场的水果"木然地被"放置在平衡而摆动的天平上"。

9

以上，里尔克分别歌咏了四位卖艺者——沦于打鼓末流的老残举重手，有些颓废气息的青年，自小饱尝忧愁且被忧愁所纠缠的少年，虚掷了青春少女时代的女郎：他们所遭受命运的折磨均重于常人。他们唯一的补偿，便是学会了那些特技。

在这一节里，有了很大的转折，里尔克追思着他们尚未习得特技以前的日子，即与常人无所差异的时日，不会叠罗汉，"重担"举不起，不会用棍棒自如地"回转着盘子"。

然而那样的"场合"，可以说是一种归璞返真的场合，是不经雕琢的，纯真而不虚伪的。可是那种场合业已失落，对这些沦落的"异乡人"——卖艺者，则已成了一种乡愁。为了扮演人生的角色，却不能过踏实的生活，且远离了生命的本质，这不是最大的悲哀吗？诗人仍在感叹着："何处，哦，何处有此场合。"

10

上节所思慕的场合，是一种"纯粹的过少"，虽无一技在身，却是"纯粹的"本质。待学得了特技后，反而转变成"空虚的过多"，虽浑身是技艺，却是"空虚的"存在。表面上，从"过少"到"过多"，"不可思议地转变"的过程中，似乎是增加的趋势，然而是无所得的。在烦累的"多位数的计算后"，其结果竟是"除不尽"。

11

"死"的主题，在此节，借赖茉露夫人的身形出现。赖茉露夫人（Madame Lamort），在法文中，La Mort即为

"死"。于拙译中，"茉露"取"末路"之谐音与形似，而"末路"可视为"死"之转语。在巴黎的广场上，赶时髦的熙攘人群，在女装社进进出出，购买着流行的装饰品。赖茉露夫人就在此为人群把"不安的世间的道路"，当作"彩带"，加以"卷绕"和"盘缠"，以编成新型的"蝴蝶结"出卖。为了免于严冬般的命运的肆虐，而制造的"廉价的冬帽"，人人却以各式各样"褶边、饰花、徽章、人造果实"等等装饰品以及"涂上虚伪的色彩"来装饰。

在此，赖茉露夫人把"不安的世间的种种道路，无尽的彩带""卷绕且盘缠"，正好与第一节中的"一颗从不满足的意志"把卖艺者"拧绞、弯曲、卷绕，且摇荡着"相呼应。还有，"虚假的色彩""人造的果实"也和第二节的"不悦的伪果""在极薄的表皮闪耀着假笑且不悦的光芒"异曲而同其韵味。

这样，我们很明显地看出，里尔克是把卖艺者受到"意志"的支使而表演的场面，和在巴黎的广场上，人群在赖茉露夫人店里熙攘的场面相互对比，这就是在前面提起过的，卖艺者象征着人类之扮演其人生的角色。反过来说，广场上的人群，也是一种卖艺的人——"人生的卖艺者"。由此，我们也看出了，"意志"相对于"赖茉露夫人"，相对于"死"。

12

最后一节，诗人向天使要求超越于俗世的、更高一层次

的"世界内面空间"（Weltinnenraum），那是"死者"的
国度，永恒的国度，与赖茉露夫人支配下的现世成尖锐的对
比。而在那里表演真实爱抚的恋人们，也与虚伪的、以演技
作掩饰的现世的卖艺者相对比。恋人们表演的地点，已不是
巴黎的广场，而是"我们不知在何处的广场"，表演场上已
不是一张"被宇宙中遗弃的毛毯"（第一节），而是"难以
言喻的毛毯"。他们没有学过现世的特技，然而在永恒的国
度里能"大胆表演着，惊心动魄的高空的姿态""喜悦之
塔""互相倚靠的摇摆的梯子"等绝技。"喜悦之塔"又与
卖艺者的"技艺之树"对比，而后者的本质是"不悦"的，
前者更冠以"喜悦"，使对比愈形尖锐。

　　这里的观众也不是"俗众"，而是"沉默不言的死
者"，他们在赞赏之余所投赠的，也不是虚妄的现世的货
币，而是"有永恒价值的幸运货币"。

三岁时的里尔克

年轻时的里尔克

里尔克在巴黎的寓所中

里尔克肖像   24岁时的里尔克

里尔克肖像

里尔克画像

里尔克与莎乐美

里尔克与友人

里尔克与女友梅尔林·巴拉迪娜

里尔克与罗丹

里尔克墓碑，其墓志铭为："玫瑰，哦纯粹的矛盾，喜悦，能在众多眼睑下做着无人曾有的梦。"

瑞士，里尔克的长眠之地

第六悲歌

第六悲歌

无花果树啊，长久以来就对我意味深长，
你多么迅速地几乎完全跳越过花蕾时期
不待赞赏，就逼迫你纯粹的秘密
及时进入决心的果实阶段。
有如喷水管般，你弯曲的枝柯
驱使树液向下然后上升：从睡眠中
几乎不觉醒地，投入其结成最甜蜜的幸福里。
看呀：有如神投身于天鹅中。
……可是我们耽留着，
啊，我们为获取开花的赞誉，暗示着
投入我们迟迟地终于结成的果实之内在。
当绽放的诱惑有如温柔的晚风
触抚着他们青春的嘴，触抚着他们的眼睑，
少数人行为的冲动便如此强烈地涌起
以致他们早已矗立而在丰盈的心中焚燃：

死亡这园丁把血管弯曲成其他模样，
或许仅限于英雄以及命定早日超越离去的人们。
这些人向前突进：为他们自己的微笑，
前导，正如在卡纳克废墟的优雅雕绘上
良驹驾驭的马车为凯旋的国王前导一样。

是的，英雄惊惶地接近那年轻时夭亡的逝者。持久
对他已无诱惑。他的上升才是存在。他不断地
前进而踏入其恒久的危险的
转变的星座。在那里只有少数人能发现他。可是
使我们忧郁地缄默的命运，蓦然鼓舞起来
在他喧嚷的世界的风暴中，对着他歌唱。
我没听过像他这样的歌声。忽然他暗淡的音调
随着流动的空气吹越过我。

于是我多么愿意从憧憬中隐藏我自身：啊，倘若我
倘若我是孩童，且依然能够长成原来的身形，且能够
头在未来的手臂之支撑中坐着，且读着大力士参孙的故事，
其母起初是如何的不孕，然后终能生产的故事。

啊，母亲哟，他在你身中不已就是英雄好汉了吗？
他在你身中，不已就开始做君临万邦的选择了吗？
千万个在母胎中酝酿，且盼望成为他的模样，
可是看呀：他掌握而舍弃——，他选择且能达成。
而当他撞倒了圆柱时，也和从你肉体的世界跃出

投入一更狭窄的世界里一样，且在世上更进一步的
选择且能达成。哦，英雄的母亲们啊
哦，急流的源泉啊！从心的峭壁的高顶
少女们为未来的儿子的献身而叹息着
跌落入的你们这些峡谷啊。
由于英雄急速穿过爱的住所，
人人把他推举，人人对他怀着想念的心的颤动，
他翻身，伫立在微笑的末端，——已然不同。

第六悲歌诠释

1

　　第六悲歌是一大转折点，前五篇，悲叹着人生的无常，且对现世的人间的存在加以否定，然而第六悲歌起却从悲叹的调子，一变而为赞颂。本篇是英雄的颂诗。心灵单纯的英雄，是履行实践的人，他明白在世间所应该的作为，不怕艰难的生活，且勇于自我牺牲，面向死亡，以便最后的生命开花结果，逼向另一次真正的生命的开端。

　　无花果树，象征着不尚虚华，但求早日结成果的英雄。他不以艳丽的花朵招徕，以讨人赞赏，遂把生命的秘密包容在果实中，任其成熟饱满。它那先向下倾，然后上升的枝柯，就像喷水管一般，把树液引导，投入其结成最甜蜜的果实中。

　　里尔克把此无花果的树液，比喻为进入天鹅群中的天神。依据希腊神话，天神宙斯（Zeus）化身为天鹅，与丽达（Leda）结婚，而生下了波路（Pollux）及海伦（Helen）。里尔克曾写过一首《丽达》的诗，描写此事。（请参见拙译《里尔克诗及书简》）。

"可是我们耽留着"，此处的"我们"是与"无花果"相反的人类，耽留于现状，以满树的花朵来获得赞誉，却迟迟不愿投身入"终于结成的果实"的死。我们可以回顾到第四悲歌开头的句子：

> ……追逐着，但已迟了
> 所以我们突然逼自己逐风而行
> 却投落入冷漠无情的水池里。

我们之所以迟迟落后，不能与自然的运行相和谐，归因于我们耽留于花开时节，而不急于结果。

只有少数人，那些"英雄"，还有"年轻夭亡者"，他们不受花开的诱惑，不沉溺于"开花的赞誉"，挺身而起，坚强地结成丰盈的果实。而他们的血管，被死亡，这位"生命的果树园"的园丁，变形地弯曲着，正像前述"弯曲的枝柯"一般，能把"树液"引导向上，投入那结成的"果实"——英雄的死。他们微笑着"向前突进"，就好像"凯旋的国王"一般，陶醉于胜利的成果，且准备迎接下一次战斗。

里尔克曾于1911年1月前往埃及凭吊卡纳克（Karnak）废墟，那石柱上的雕绘，必然给他留下很深刻的印象，因此，那图像也就自然而然地在他的诗里浮现出来。

2

在诗人笔下，英雄不受"持久"的诱惑。此处的"持久"和上节的"耽留"，同其意味。"唯有他的上升才是存在"，简洁而肯定有力地道出了英雄的本质。而"他的上升"是无止境的，"他不断地"提升自己，踏入经常是危险的殊异的星座，而超越于凡人的存在，那是只有少数的英雄人物才能进入的世界。

如今，连一向"使我们忧郁地缄默的命运"，也"蓦然鼓舞"起来，对着英雄而歌唱了，由于"命运"的感动是刻骨铭心的，所以他的歌声是有着特别的意味而非泛泛可比，也因此，他那随时都会面临危险、陷入死亡的英雄的"暗淡的音调"，"随着流动的空气"，向诗人吹来，深深打动了诗人的心。

3

因此，诗人企望着能够回到童年时光，在那纯洁的童稚的心中，憧憬着成为英雄。"未来的手臂"系对童年而言，当其阅读大力士参孙的故事时，幻想自己的将来，也有着那样强而有力的手臂。参孙的故事，出自《旧约圣经》的《士师记》，第十三至第十六章：

……有一个琐拉人，是属于但族的，名叫玛挪亚。他的妻子不怀孕、不生育。耶和华的使者向那妇人显现，对她说，向来你不怀孕、不生育，如今你必怀孕生一个儿子。……这孩子一出胎就归神作拿细耳人。他必起首拯救以色列人脱离非利士人的手。……后来，妇人生了一个儿子，给他起名叫参孙。

4

英雄的个性，在母胎中就已形成，也就开始有"君临万邦的选择"。接着里尔克以从母胎中降临人世和参孙的撞倒神殿的圆柱相比拟，很显然地，两者同样是从一生命的层次，跃进到另一生命的层次。以世俗的眼光来看，在母胎中时是一无意识的生命，诞生后，方才是真实的存在。然而在诗人的心目中，现世中的人生，就像母胎中的婴儿一样，是无意识的、不知所为的生命，待其发挥了英雄的本质，便提升到一更高的世界空间，"唯有他的上升才是存在"，这才是诗人心目中真实的存在。

参孙撞倒神殿的圆柱，同样出于《士师记》第十六章：

非利士人的首领聚集，要给他们的神大衮献大祭，并且欢乐，因为他们说，我们的神将我们的仇敌参孙交在我们的手中了。……他们正宴乐的时候，就说，叫参孙来，在我们面前戏耍戏耍。于是将参孙从监里提出来，他就在众人面前

戏耍。他们使他站在两柱中间。参孙向拉他手的童子说，求
你让我摸着托房的柱子，我要靠一靠。……参孙求告耶和华
说，主耶和华阿，求你眷念我，神阿，求你赐我这一次的力
量，使我在非利士人身上报那剜我双眼的仇。参孙就拖住托
房的那两根柱子，左手抱一根，右手抱一根，说，我情愿与
非利士人同死。就尽力屈身，房子倒塌，压住首领和房内的
众人。这样，参孙死时所杀的人，比活着所杀的还多。

接着，里尔克称颂英雄之母，比喻为急流的"源泉"，
和急流所依偎的"峡谷"，在此，少女们为了"未来的儿子
献身"，而从"心的峭壁的高顶"跌落。然而像急流般奔驰
的英雄，在途中，也为爱而停驻，尽管少女们为他"怀着想
念的心的颤动"，他却"翻身"而摆脱，继续奔驰着，去遂
行英雄的成果。

第七悲歌

第七悲歌

不再求爱了，不求爱，抑不住而涌起的声音
是你叫喊的本性；你的叫喊清脆如鸟鸣，
一若上升的季节，几乎忘却
它是一只辛苦的飞禽，并不仅是一颗单纯的心，
而将之抛向亲切的晴空。和鸟一般无二
你也求爱，向尚未见姿影的女友——，
她却在静默中听到你，在她心中
一项应答缓缓苏醒且在倾听中燥热起来，——
以燥热的感情应答着你果敢的感情。

啊，春已知晓——，没有一个地方
不满载着宣告的声响。起初，那细小的
探询的爆发声，被纯粹的肯定的一日
以渐渐增高的寂静而裹入沉默。
然后上阶梯，上呼唤的阶梯，向未来的

梦寐的神庙——；然后是颤音，

在约定的嬉戏中，挤迫的喷射就预感着

洒落的喷泉……而前面，就是夏季了。

不只是所有夏日的清晨——，不只是

天亮以及晨曦的照射。

不只是白昼，平静地围着花卉，且在上面

盘绕着长得强健苗壮的树木。

不只是扩展的力的虔诚，

不只是种种的道路，不只是傍晚的牧场，

不只是晚来的雷雨后，喘息的晴朗，

不只是接近黄昏的睡眠，和一种预感……

而是无数的夜！而是夏日崇高的无数的夜，

而是星群，大地的星群。

啊，将来总会死灭，且无穷尽地认知

全部的星群：然则，怎能，怎能，怎能把它们遗忘！

看呀，在那边我呼唤着恋女。可是在那里出现的

不只是她……少女们从虚弱的坟墓出来

且站立着……然则，我怎能，怎能

限制喊出的呼声？沉落者依然

呼求着大地。——你们赤子哟，在此

一度被把握的一件事物和多数事物等值。

别相信，命运会多于童年的浓密；

如何你们时常追求着所爱的人，于幸福的竞逐中

气喘地，气喘地追向虚无，却进入自由的空间。

在此生存是荣耀的。少女们，你们也知道了吧，
看似贫乏的你们，沉落着——，你们，在城市
最下等的巷街里，溃脓着，或摊开沦落的残躯。
然则，每人有一小时，或许没有整整的
一小时，只是在两个瞬时的中间，不能以
时间的仪器测量的刹那——，当她把握了存在。
彻底地。血管都充溢着存在。
只是，我们轻易地遗忘了笑脸的邻人对我们
既不确信也不羡妒的事物。我们愿意
把幸福揭露，可是最能显眼的幸福，只有
当我们在内心把它变质时，才得以认知。

恋人啊，除了内心外，无论何处，世界是不存在的。
我们的生命在转变中耗去。而外在的世界
逐渐萎缩，以至消失。曾经是世代相传的家屋的地方，
突起拟议的建筑，横亘着，有如依然全部
在脑中建立般的，完全属于思考的产物。
时代精神创造了宽敞的力的仓库，无定型地
有如从一切事物获取的伸展的张力。
神庙不再受人理睬。我们把这心灵的浪费
更隐秘地贮存。是的，一座依旧超然而立的神庙，
曾经受到祈祷、供奉、跪拜的地方——，
把握自己，一如现状，已经遁入隐而不见的世界。
多数人已漠视神庙，且不能获得

以伟大的圆柱和雕像在内心建立神庙的利益！

世界每一次苦闷的转型期，就有那些摆脱传统的
人物，他们不属于过去，也不属于未来。
然则对于人类，最接近的未来仍是多么遥远。是以
我们不该为此迷惘；应该在我们内心加强保持
依然认知的形态。——这一旦在人类中站立，
就立定在破坏性的命运的中点，立定在
不知所趋的世界的中心，有如存在一般的
且从确定的天空把星群弯曲着引向自己。天使啊，
我依然可指示给你，那边！在你的视界中
终于救助地站着，而后笔直地耸立。
无数的圆柱和塔门，司芬克斯，大教堂挺立的
支柱，来自衰亡的或是陌生的城市之灰色的支柱。

那不是奇迹吗？啊，多么奇异，天使哟，我们就是那些，
我们，啊，你伟大的，说吧，我们有能力做到的
我的呼吸还不足以赞颂。因此，我们不能
疏忽了空间，这施与的空间，这
我们的空间。（那必定是多么可怕的宽大
因为我们数千年的感情仍不能把它充满。）
可是，塔是崇高的，不是吗？啊，天使哟，即使，——
在你身旁，仍然是崇高的？沙尔脱寺院是崇高的——，
而音乐更向上耸起，且超越了我们。可是仅有一位
浴于爱河的少女——，啊，独自倚着夜晚的窗口……

她不是达到你的膝前吗——?

　　　　　不相信，我在求爱。

天使哟，好像我也向你求爱！你不来。

　　　　　　　　　　因为我的

呼声经常充足前进；你不能举步

逆行过那么汹涌的急流。我的呼声

有如伸出的手臂。而他那企图握取的

向上张开的手掌停在你的面前

张开，有如守护和警告，

不可理解的啊，大大张开吧。

第七悲歌诠释

1

　　里尔克所悲悼的是人类在自我本位所解释的世界里，一方面恐惧着死亡的莅临，一方面却不知其然地，过着无意义的生活，把生活纵情地消耗着。因此诗人呼唤着我们，拾弃自我，追求与自然的和谐，提升自己，以遂行"生的显现"，而臻于更高的精神领域。

　　此诗以"求爱"的歌声展开。本来，"求爱"具有着双重的意味。即发自内心狭小的私欲，向着天使呼喊着（如第一悲歌开头句："谁，倘若我叫喊，可以从天使的序列中听见我？"）企求对我们有所助益。另外，是像情侣之期待把对方占为己有的那种"求爱"的呼声。如今诗人所叫喊的是要超越以自己为本位的目的意识，因此那"涌起的声音"，有如自然界的鸟鸣一般。

从隆冬的阴暗的底面"上升的季节"的春天里，在摆脱了严寒之后的"亲切的晴空"飞舞着的鸟，即象征着遗忘了忧烦的、自由自在地歌唱着的心灵。然而这种歌唱，也是一种"求爱"的呼声，却是出自真心的，互相呼应的。因此，"尚未见姿影的"女性，"在静默中听到"这样的呼声，心中遂燃起一股热情，而应答着。

2

春的世界的到临，意味着纯粹的生之宣告，且充满了鸟的歌声。起初，在初春时，有一只鸟以细微的声音做试探的启发。在无边的寂静中，即使是细微的歌声，也有如一阵爆裂的音响。可是引不出和应的鸟声，周遭世界的寂静，竟似愈形增高。然而终使这孤独的鸟鸣无声地沉默下去的，无论如何，已不是严酷的冬季，而是纯粹的肯定的春日。

接着，随着春意的愈加深浓，鸟鸣四方响应起来，诗人把那昂扬的歌声，比喻为"阶梯"，一种逐渐进展的过程，而达到了绝顶的"梦寐的神庙"。到了绝响的歌声，成为一种"颤音"，有着向上喷散的水流就要降落的预感，就像喷泉一般。那么，鸟声到了绝顶，即意味着春已过，夏季已莅临。

里尔克很生动地刻意描写夏天的一切形象，从清晨到夜

晚。夏天的莅临，是以全幅的面貌出现，而不只是"平静地
围着花卉""长得强健茁壮的树木"，也不只是"一日之初
的照射""傍晚的牧场"，甚至也不只是"雷雨后喘息的晴
朗"，而连带地还有装饰着"大地的星群"在空中闪耀着的
"崇高的无数的夜"。

　　最后，诗人对象征着全宇宙绝顶的生之星群，赞颂着，
唱出了心中永远难忘的憧憬。

3

　　如今诗人在"世界空间"中呼喊的恋女，并非对特定的
某位少女。因此怀着"燥热的感情"应答诗人"果敢的感
情"的少女们，从无能压抑住她们使耽留于其间的"虚弱的
坟墓出来"，似有所倾诉地"站立着"。她们是为爱而爱的
"爱人的女郎"（Die Liebende），而不是"被爱的女郎"
（Die Geliebte）。让我们回想到第一悲歌，她们不就是以葛丝
巴拉·施坦芭为攀升的范例的少女吗？另外，她们还兼具有
"年轻夭亡者"的身份。如今她们这些"沉落者"，因了诗
人的呼唤而以恋慕着现世的姿态出现了。

　　诗人对这些在短暂的生涯里，经历过美好的"生之显
现"的少女，如此歌咏着：世间的体验不是量的，而是质的
问题，也就是说，不是在于耽留的长久，而是在于投入的深
度。因此"一度被把握的一件事物"，便和"多数事物等
值"。而最能把握的，莫如童年，那么在命运支配下的我们
的生涯，即使再长久，也不会比童年的体验更浓密吧。

当少女们为爱而追求着，在那"幸福的竞逐中"，她们受苦，已转变成可收成的果实。虽然她们所原定追求的目的已落空，却进入了"自由的空间"。

4

在这样追求所爱的"幸福的竞逐中"，在进入"自由的空间"的一瞬的转变中，少女们的生命就像成熟的果实，充实而又饱满。因此，她们必然充分了解"在此生存是荣耀的"，也必然有此信念，即使在现实生活上，他们可能是不幸的、贫困的。接着，里尔克描写了大城市中破落的生活来加以烘托。巴黎的梦魇时时还会在诗人笔下出现。在"最下等的巷街里"，那残破、污秽、穷苦的生活，使得她们的肉体"溃脓"而败坏，终至把"沦落的残躯"，像垃圾一般地摊开着——被舍弃的废物。

然则当他们在进入"自由的空间"的一刹那，能"把握了存在。彻底地"，则"血管里都充溢着存在"。在这一刹那间，便构成了无始终的永恒的存在。里尔克此一意旨是很明显的，即对自己生命的提升，无关于现世生活的境况或水准，而在于心灵的开放。因此幸福云云，并非财富或名位，足以引起谄媚讨好的"笑脸的邻人"的"确信"与"羡妒"者；这些"显眼的幸福"，只是外表的。真实的幸福，要从内部世界去认知。

5

诗人更坚定地喊出了"除了内心外","世界是不存在的"。因此,外部只是徒具的形式,不足以表达内部生命的真实,所以"逐渐萎缩,以至消失"。如今,"世代相传的家屋"的固有的形式,已被"在脑中建立"的建筑所取代了,那是"思考的产物",自然地"横亘着",流露出生动而不约束的生命力。

当"时代精神"(Der Zeitgeist)创造了一所"宽敞的力的仓库"。因为,神庙向来只是被人当作无告时的依赖,或倾诉苦恼与烦忧的场所,当作烦恼彷徨的心灵的贮存容器而已。我们不再把神庙看做解救的方式,怜悯只有使人消沉。尼采早就呼唤过:"拯救不幸者,不是你的怜悯,而是你的勇气。"因此我们要把此"心灵的浪费",比从前的人"更隐秘地贮存"在我们内心的建筑里。这样,"曾经受到祈祷、供奉、跪拜的"神庙,无疑成了一片废墟。我们要勇敢地"把握自己",进入"隐而不见的"世界内部空间,去塑造自己永恒的生命。当然,现代有多数人一方面既"漠视了神庙",另一方面也不能有所建树,徒然存在着,失去了依据与平衡。

6

在每一次的时代"转型期"中,尤其是现代,总有一些反叛传统的人物,他们摆脱了旧的传统,但又不能建立新的传统，因此，他们是既"不属于过去，也不属于未来"，然而也因为他们对败坏了的过去，以及"仍是多么遥远"的未来，没有顾忌和企求，所以他们才能坚定地把握了现在，立定在"破坏性的命运的中点"，和"不知所趋的世界的中心"，扮演着超人的角色。

那么，我们可以对天使夸口，我们对自己的"认知"，可以"救助"自己，得以耸立在"隐而不见的世界"，免于在存在的急流中沉溺。看那些无数的圆柱和塔门、狮身人首的司芬克斯、大教堂挺立的支柱，都是一种确证。这些令人感动的建筑，当里尔克在埃及时，在他的脑中已留下了极深刻的印象。

7

人类能完成这么奇异而宏伟的建筑，不是一种奇迹吗？我们不能疏忽了那施与我们的空间，令我们存在于其中，使我们可能完成人间使命的空间，那是几千年的感情也无法充满的庞大。

里尔克于1906年1月25日，曾陪同罗丹访问过沙尔脱（Chartre）哥特风格的寺院，深受感动。在此，他就把沙尔脱寺院和塔并提，作为崇高的象征。但音乐则是更高心灵的表现，就像那"浴于爱河的少女"，倚在夜窗前遥想着情人一样，是最高情操，这些都已超越了人间，而到达天使的"膝前"。

诗人这样向天使夸耀着人类在世间所成就的艺术，但这并不是"求爱"的呼声，当我们明白了人间的本质，我们便不会再要求天使对我们有所作为。我们要在这样的呼声中，提升自己，呼声"经常充足前进"，且"有如伸出的手臂"，逐渐向天使趋近。

那"向上张开的手掌"，令人想起罗丹那"艺术家雕刻的手"，停在天使的面前张开着，"有如守护和警告"，免于因过于接近，而"把我们粉碎"（见第一悲歌）。因之，天使仍是不可理解、企及的极致。

第八悲歌 _____

第八悲歌

献给卡斯纳

动物以睁大的眼睛，凝望着
开放的世界。只有我们的眼睛
反逆似的，有如罗网，在它四周围置着，
环绕着其自由的出口。
我们只有从动物的面容去认识
外界是什么；因为即使幼小的孩童
我们令他转向且胁迫着向后凝望
造型的世界，而不是在动物的眼光中
如此深邃的、开放的世界。免于死亡的威胁。
只有我们凝望着死亡；而自由的动物
始终把其没落置于身后，
神在前引导，当行进时，就走向
永恒，如喷泉一般。

我们从未有过单独的一日，花卉在里面始终绽开着的
纯粹的空间在我们面前。那经常是世界
以及未曾有不否定的乌有之乡：
我们呼吸且无限地明白并不切望的
那纯粹且不受监视的气氛。倘孩童时
一度在寂静中迷失于此空间且被摇撼。
或是有人死亡，而就是那样子。
然则人一接近死亡，就不再凝望那死亡
却向外睇视，或许以动物张大的眼光。
恋人们，设使没有对方阻挡了视线，
就向它走近，且显出惊讶……
好像由于差错，而在彼此的背后
向他们开启……可是没有人超越
前进，而仍然在世界之中。
造物时时转首，我们在那上面
仅仅看到因被我们遮住的
自由世界的反射。或是一匹无言的动物
仰望着，静静地从我们之中通过。
这就叫作命运：对立着
此外什么也不是，只始终对立着。

如果以相反的方向迎向我们而来的
无忧的动物，有着和我们同样的意识——，
就在它的散步中，牵引我们
跟随它的周围。可是它的存在对它

是无尽的，抓握不住的，且对自己的状态
不予瞥视，有如它向外凝望的眼光那般纯粹。
且在我们看得见未来的处所，它能看见一切
和一切之中的自己，以及永远康复的自己。

可是在机警且温血的动物之内
有着大忧郁的重载与惊惶。
因为始终依附于它的，正是
时常压制我们的，——追忆，
有如曾经一度，我们所热望的事物
靠近来，更加诚实，而其结合
是无限柔情的追忆。这里一切是隔离，
而那边一切曾是呼吸。第一故乡之后
第二故乡是混离且多风的。
哦，始终停留在怀孕的子宫中的
小小的生物的幸福啊；
哦，甚至婚礼时，仍然在内心跳跃不停的
蚊蚋的喜悦啊：因为子宫就是一切。
看看鸟的半确定吧，
鸟几乎从出世就知道两边的事，
好像以安息者的雕像做盖
而封闭于枢的空间里的死者身上
飞跃出来的伊特利阿人的灵魂。
出身自母胎者，当其必须飞翔时，
是多么惊惶啊。如像是恐惧着自己

抽搐地穿过空中，有如裂罅穿透了
茶杯。就这样地，蝙蝠的轨迹
穿过了黄昏的陶器。

而我们：始终，到处，旁观者的身份，
转向了一切事物，而从未摆脱出来！
我们已饱满。我们收拾得秩序井然。但崩裂了。
我们再收拾整齐却把自己也崩裂了。

是谁把我们如此扭转，因而
不管做什么，我们有着
离去的人似的风采？有如在
再一次彻底向他指点着他的峡谷的
最后山岗上，他转身，停留，徘徊——，
我们也这么生活着，且不断在告别。

第八悲歌诠释

1

第八悲歌很带有悲观的气息，此一悲歌的主题与第四悲歌第一节的主题相似。描写人类与自然之不能调和，被弃绝于"世界内部空间"之外，孤零零地存在着，而相对于人类，无意识地存在着的动物，自由、永恒的"开放的世界"却为其开启。

里尔克所称"开放的世界"，是指超越于"时限的世界"，生与死，过去、现在与未来，均包容于其间的永恒的世界。此说相当于其另一"世界内部空间"的指谓，惟此处使用"开放的世界"，系相对于闭锁的、有所限定的，以及终将消亡的"时限的世界"而言，而强调着那广大无边、自由自在的世界。

动物以睁大的眼睛（暗示着丰富的感受），凝望着开放的世界，而相反的，人类的眼光只停滞在闭锁的"时限的世界"；不仅如此，还造成罗网似的，布置在动物的周围，且阻绝其向"开放的世界"的自由出口，要把它限定在窄狭的人间世界里。因此，对于自囿于闭锁世界中的人类而言，由于和开放的世界不能交通，唯有间接地借着动物的面容，去认识外界了。

在人类当中，只有孩童在幻想和梦寐中，是接近了"开放的世界"的，但当他站在开放的世界之前时，我们却胁迫着他向后凝望成人自囿的世界，而不是那反映在动物眼光中，如此深邃而又免于死亡的开放的世界。只有我们是命定地面对着死亡，无法摆脱，这是一项很强烈的对比。自由的动物，始终是超越于死亡的，"没落"永远落在其后，因此，它能看到象征着永恒的神，在前引导，而当进入了永恒，就像泉水的喷射一般。

"纯粹的空间"，是"开放的世界"的另一种说法。而人类与那纯一的空间是无缘的，即使"单独的一日"的机会也不可得。花卉之始终绽开着，即意味着无限的存续，与人间的限定相对比。

"乌有之乡"（Nirgends），是无处（Nowhere），但并非否定的、不存在的，而是暗示着不受限定的"莫知所在"，这是有点玄的味道。"不否定"即系对"乌有之乡"的修饰语。"经常是"以及"未曾有"是一项强烈的对照，表现人间的处境。"那纯粹且不受监视的气氛"是补足"乌有之乡"，即自由自在的"开放的世界"，而"我们呼吸在无限地明白并不切望的"，则是一形容句。在第一悲歌的第一节即暗示过"我们呼吸的空间",在此再加以表现,我们呼吸的是"世界空间",人类得以纯粹的生存(即纯粹的生命的活动状态)。

在此悲歌的起头,曾提到在"开放的世界"之前的孩童,被迫转头后望成人的世界,而如今当孩童踏入此纯粹的空间里,更被摇撼,就像是临死的瞬间,摆脱了对立与限定的"时限的世界",而趋向开放的世界,是时,不再凝望死亡,而"以动物张大的眼光",向着人间以外的世界睨视。至于恋人们,本可向那开放的世界接近的,但他们往往因误解了爱的真谛,互相蒙蔽着命运,因而被对方阻挡了视线。即使在背后,纯粹的空间为他们开启,可是没有人能够超越蒙蔽着自己的对方,而进入那开放的世界,只有困囿在对立与限定的世界中。

接着,在此困囿的"时限的世界"中,我们面向"造物",可看到那面上反射着自由的"开放的世界"之光,却被我们的阴影给遮蔽了。人类就老是这样沉溺在对立的世界中。动物就不然,它们不受困囿,静静地通过我们,且刻刻仰望着那开放的世界。只有我们在"闭锁的世界"里,始终和什么相对着,而无法超越,"这就叫作命运"。

2

在第二节里,总结了上一节而再加以简要地表现了人类与动物相异的世界。动物所进行的方向,是与人间相反的。假定"无忧的动物",具有同我们一样的意识的话,或许会

牵引着我们，一齐走向"开放的世界"。而它在开放的世界
中的存在是无尽的，和上节所歌咏的，花在"纯粹的空间"
里始终绽放着，同样意味无限的持续。当我们展望未来，看
到死亡的阴影，而动物看到的是"一切"，不是对立或限
定，而是兼容并包的开放的世界，是全一。

3

　　以上只是把动物加以一般的处理，但其中亦有接近于人
类，怀着不安而存在的，所以里尔克再予以分开细论。

　　例如，以温血的胎生动物而论，因其机警，对周围环境
无形中会发生一种防卫性的警戒，因而也怀着"大忧郁的重
载与惊惶"，所以和人类同样，始终"追忆"着初始的、出
生以前那尚未对立、分裂的全一状态。其时，同样地和全一
状态接近，而且有着"无限的"亲密，同样呼吸着纯一而融
洽的空间，这是"那边"的情形，而在俗世的"这里"，到
处是对立与隔离。所以那全一的状态是"第一故乡"，是真
正的出生地，因此一旦被投入到人间来，就不时怀着无法排
遣的"乡愁"。如把现时存在着的位置，视为"第二故乡"
的话，在此故乡则是"混杂且多风的"。混杂，意即混血种
的，相对于纯一而言。多风，则意味着不安与恐怖。

　　而像蚊蚋一样的小生物，活在阴沟或死水中下卵，然后
就在外界的环境中孵化，由幼虫而转变成蚊，以此过程与高
等哺乳动物之在母亲的子宫中孕育相比，则外界即其子宫，
而其一生便"始终停留在怀孕的子宫中"，甚至在交媾时，

亦是在胎内跳跃不已，如此"子宫就是一切"，全体的宇宙。蚊蚋始终在此全一的状态里，无忧无虑。

至于鸟类，虽与蚊蚋一样，是卵生，但鸟蛋除了受到外界的孕育外，在巢里，还要借母鸟的体温加以孵化，因此这是双重的，对鸟来说，外界和巢，都是它们母体的子宫。以温血的胎生动物和蚊蚋的对比，则鸟类是介中的，属"半确定"型，同时也受到双重子宫的泽被，故"从出世就知道两边的事"。诗人把在空中不安地飞翔着的鸟，比喻为古代伊特利阿人的死灵魂。伊特利阿人的习俗，要把死骸，盛在子宫样的灵柩中，棺盖上则雕刻着逝者的肖像；而跃离了尸体飞入空中的死灵魂，则是一半属于外界，但一半还摆脱不了温煦的棺中的追忆。

另外，和鸟类同样有翅膀，但并非卵生，而是胎生的蝙蝠，当其必须飞翔时，显得多么惊惶，当蝙蝠在黄昏时，不安地，像抽搐般歪歪斜斜地飞过陶器一般的空中时，有如茶杯上的羊齿状的裂痕。此裂痕，除了强烈地烘托出不安外，还象征着与"全一"无缘。

4

在第四节里，里尔克再归向了人类。乍看，似乎人类不像动物那样对出生以前的全一状态，有着浓重的乡愁，其实因人类有着强烈的自我意识之故，也因此，使得人有着自身与世界对立的意识存在。

存在于对立与限定的世界中的我们，始终自觉着旁观者的身份，因此当其面向一切事物时，总以自己的立场，与对象僵持，是以无论如何，不能摆脱对立的世界，进入"开放的世界"中。这样以"旁观者的身份"，到处与种种对象相向的我们，自然是有着众多的对象的了。在如此状态中，如果我们不以开放的心灵与之共鸣，而妄图以手段去加以收拾，使其秩序井然，然由于此秩序之不易固守，往往因受到外部的压力，势必就崩裂了。那么如果我们不幡然醒悟，仍执拗地欲重新加以整理，结果只有使我们自己也崩裂。

5

人一方面思念着开放的世界，另一方面却背向着，愈走愈远，好像远离了故乡，浪迹天涯的旅人，依依不舍地回首，望着那峡谷里的最后一脉的山岗。人也是这么留恋地"转身，停留，徘徊"，而终要在和"开放的世界"不断的告别中，生活着。

第九悲歌

第九悲歌

为何，倘若度过存在的期限，
会比其他一切绿色更为暗淡
在每一叶的边缘有着细小波纹（像风的微笑）
而若月桂树一般立着——：那么
为何我们必须具有人性——且，逃避命运，
而又渴慕着命运？……

　　　　　　　哦，不，因为幸福是
一种接近来的失落过于急切的利益。
也不是为了出于好奇，或为了心的锻炼，
仿佛月桂树中也有心吧……

可是因为在今世是太多了，且因为
短暂的今世，一切对我们都似乎
需要且不可思议。最最短暂的我们哟！一次

每人仅仅一次。一次之后就再也没有了。而且我们也是
一次。不再了。可是
仅此一次的存在，虽然仅仅一次：
于尘世的存在，似已不可挽回。

因此我们逼迫自己且愿意去履行，
愿望就在我们简朴的双手，
盈满的眼眶以及静默无语的心中。
我们愿意如此。——然而给谁呢？宁愿
把一切永久保持……啊，我们能携带什么
唉，到另外有关联的世界？不是在此缓慢学得的
观照，且没有在此能实现的事物。什么也没有。
悲伤呀，尤其是辛酸，
爱的长久经验呀——，纯然
不可言状的事物呀。可是，稍后，
在群星之下，该是什么样呢？星星是更加不可言状。
旅人从山边的斜坡到峡谷去
拿走的也不是一撮不可言状的泥土，而是获得的
纯粹的语言，又黄又青的龙胆。
或许我们在此，为了说道：家屋、
桥梁、泉井、门槛、陶瓮、果树、窗口，——
更进一步：圆柱、高塔……可是这么说，要理解呀，
啊，就像事物本身从未热心地被想象的
那样说着。而驱使恋人们的
沉默大地的秘密巧计，不是令每一件事物

在他们的情感中，都是迷人欲醉？
门槛：对两位恋人来说是怎么回事
他们稍许磨损了自家古老的门槛，
还有，他们在无数的先人之后，又在
后裔之前……轻易地。

此处是可以言状的事物的季节，此处是其故乡。
说吧，且承认吧。空前地
亲身体验的事物凋落着，
取而代之的，是无形象的行为，
一旦内心的行动成长，受到限制时
立刻裂开的外壳之下的行为。
存在于槌与槌之间的是
我们的心脏，有如齿与齿之间的
舌头，纵然如此，
究竟仍是歌颂的舌头。

这是歌颂天使的世界，不是不可言状的世界，你不能
以堂皇的感触向他夸张；在他更敏锐地感触的
宇宙中，你是一位新进。所以，向他展示
历代相传形成的简朴事物吧，
有如我们身体的一部分，在手边和眼中生存着。
告诉他种种的事物吧。他将会更惊讶地伫立；好像你
立在罗马的制索工，或尼罗的陶工的身旁。
向他展示吧，看一件事物是如何的幸福，如何的

无辜，且为我们所有，悲叹的忧愁如何纯然决意成形
像一件事物般的服侍，或成为一件事物而死去——，
在彼方，从提琴流泻而出。——而这些从逝去中
生活着的事物，了解你对它们的颂扬；无常的
种种事物信赖着最无常的我们会给以拯救。
盼望着，我们该会把它们全然化入隐形的心中吧
——哦，无尽地——化入我们内心！我们终结又是谁。

大地啊，这不是你所愿望的吗，隐形地
在我们的内心复苏？——你不是梦寐着，
有朝能隐形吗？——大地啊！隐形啊！
倘若不变形，什么是你迫切的委托？
大地啊，你可亲的大地哟，我愿。啊，相信吧
不需要你的春日再来把我赢取——，一次
啊！仅只一次的春日对血液已是太多。
从远处，难以名状的我是全心地取决于你。
你始终是正确的，而你神圣的顿悟
是亲密的死亡。

看，我活着哪。何以为据呢？童年和未来
都不会变小……过剩的存在
在我的心中迸发。

第九悲歌诠释

1

第九悲歌歌咏人们在现世所负的使命。卡斯纳（Rudolf Kassner，1893—1959）为里尔克所敬仰且为之题献第八悲歌的人，他的话："由热忱到伟大之路，必经牺牲"，给予里尔克非常深刻的印象。"牺牲"便是使人成为"伟大"的理由。里尔克所创造的"爱的少女""英雄"，都是循此"牺牲"的奉献途径，塑造出来的伟大人物，他们履行而且完成人间存在的最大价值。

此一悲歌的开头，里尔克先用反问的口气诱引，如果人生能像月桂树一般荣耀地立着，度过短暂的"存在的期限"，那么为什么我们还必须生而具有人性，而且逃避着命运，却又渴慕着命运？逃避命运，因为它是一切苦恼的根源，却又渴慕命运，因为那是人间具有的特质。月桂树，在希腊神话中，是阿波罗所苦心追求的情人达芬妮所化身的，由此象征一种受赞赏的荣耀。月桂树的象征意义，虽来自神话，但其意象却是里尔克所亲自观察的，它那暗绿色的叶子，边缘有着细小的波纹，"像风的微笑"，是多么出神入化的心象！

2

人既然非自愿地出生为人，并不是在世上追求"幸福"的，所谓"幸福"，只是"一种接近来的失落过于急切的利益"。"利益"（Vorteil）也暗示"前部"（Vor-teil）的意义。因此，这里所说的"幸福"，虽是人生的获益，其实只是"失落"的前期，因其"过于急切"地显现了"利益"，而"失落"跟着逐步"接近来"。然而，人也不是为了对命运"好奇"，为了"心的锻炼"而到现世来浪迹。"仿佛月桂树中也有心吧"，诗人的脑中自然而然地又浮现了达芬妮化身的月桂树的意义。

3

接着揭示了生而为人的理由。在"今世"生存，并非藐小不足道的，在第七悲歌里，即歌咏过"在此生存是荣耀的"，因为我们可以为一切事物提供所需，那么，最最无常的我们，不该把握机会，好好奉献自己，来完成人的使命吗？何况我们在尘世，也只有一次存在的机会，而这一次的存在，是已经确定了的，那么此仅有的一次，我们更应克尽厥职，加以肯定才是。在这里，里尔克连续以六番"一次"，强调了难再的可贵性。

4

我们了解受到仅有一次生存的限制，不可能有第二次的机会，因此"逼迫自己"去履行，以达成今世生存的意义。我们希望能以双手的握取，眼睛的观照，以及在无言的心中的铭刻，来持有世上的事物，进一步想去"形成"。然而，一旦形成了，我们把它给谁呢？实际上，我们宁愿永久把持着，而不给予任何人。

"另外有关联的世界"，就是"死的世界"，可以把事物永远持有的国度，然而我们有什么可以携带，或者能够携带什么进入那世界呢？不是在此现世里学得的观照，也不是在今世体验到或遭遇到的事物，"什么也没有"。因为我们认为那是日常的、平凡的、不值得的，而我们想带进"死的世界"的，无非是：悲伤呀，辛酸呀，爱得长久的经验呀，这些都是我们的语言所不能道尽的，所以在心目中，有重大的念头。可是一旦带进了那"死的世界"，在永恒的星星所统御的"世界空间"里，该是什么样呢？难道是稀罕的吗？因为在"世界空间"里的星星，是更其不可言状的。那么，在原已非常不可言状的"世界空间"里，再把人世不可言状的事物带进来，这种锦上添花的行为，是没有意义的。

譬如说，到山岭探奇的旅人，当其返回峡谷时，带回了一撮不可言状的泥土，虽然那是他到过的山的一部分，可是因为峡谷间到处有的是这样不可言状的泥土，故而引不起邻人的惊叹，倒不如带回一束其貌不扬的龙胆花——这才是他纯粹表现而获得的语言；也是山中不可言状的泥土把自己表现出来而获得的语言。旅人舍弃泥土而带回来草花，比喻着人类在地上所负使命的一种抉择态度。

　　家屋啦、桥梁啦、泉井啦、门槛啦、陶瓷啦、果树啦、窗口啦：这些都是我们日常生活上切身的事物，我们存在的热忱就从此开始，再更进一步地，升到圆柱、高塔、接近天使的处所。然而我们"说"这些表现的形象时，要"像事物本身从未热心地被想象的那样说着"，要从事物的内面去体验，而不固囿在外表所牵涉的僵化了的意义上。因此，里尔克在这里所"说"的，并不是语言的表象问题，而是其始源性的问题，要：

　　以第一次来到人世的眼光，道出你所看到与所经验的，
　　以及爱与失落。（《致青年诗人书简》第一封）

　　这样才能与事物的内面相沟通，不被实用的功能所陷。

5

　　当我们在这种态度中转变过来，对地上的事，可以探求其内面，深入其真正的本质的时候，世间已是那些"可以言状的事物的季节""是其故乡"。那么内在的本质浮现，可以"亲身体验的事物"便凋落了。代之而起的就是"无形的

行为"，不受僵化的外形所束缚。

在这场大挣扎当中，处于命运的杵槌之间的我们的心，就像是处于为了咀嚼的实用功能的牙齿之间的舌头。但舌头，毕竟是为了歌颂呀！诗人这样说。

6

在这一节里，又引到天使与人间的对决。在第七悲歌，诗人曾夸耀了人类世代堂皇的创作，但以此不可言状的事物，向存在于不可言状的"世界空间"里的天使夸示是不当的，因在相形之下，我们只是一位新手，"在他更强烈的存在之前"（第一悲歌），我们变得毫无意义。所以该以近身的简朴的事物，采取其内面，加以展示，这样反而会令天使"更惊讶"。"罗马的制索工，或尼罗的陶工"，这些行业都是历代相传，而在里尔克亲身的体验中，他们所制造的成品，可作为"简朴事物"的代表。

加以内面化以后的事物，是多么"幸福"，多么"无辜"，经过这一层，事物与我们亲近，成为我们所有。里尔克所指的物，并非仅限于具象的事物，还包括了抽象的感情。例如，从提琴奏出了"悲叹的忧愁"，便具有一种事物的形状了，可以像一件事物般地服侍我们，给予安慰，使我们纯化，而忧愁本身也必须升华，"而死去"。

这些简朴的事物，因最无常的我们而赋有美丽的形状与生命，付托给我们，且信赖我们必会给以拯救，这不就是我们在地上所该负的使命吗？

7

回顾第一悲歌的第二节：

是的，春季都需要你。群星
期待着你去觉察它们，往昔的波浪
向面前涌来，或者正好你走过敞开的窗口
一具提琴向你委身。所有一切都付托于你。

里尔克在此，即以"大地"总括了地上物的一切，其所"迫切的委托"于我们的，是愿望在"我们的内心复苏"，获得内在的生命。

而我们是全心决意接受了此付托，负起人间应有的使命，面对大地，"你始终是正确的"，我们必须信赖地奉献给大地，为它工作。"神圣的顿悟"，意指着在我们隐秘的内部转变，获得新的生机，攀升向超越的"世界空间"，而有着一次告别的死亡——"亲密的死亡"。

8

我们既赋予事物以内在的生命，并接受了其付托，我们已确实履行着人间的使命，就这样，我们活着，洋溢着生命力。过去和未来，都不是遥远而渺小，而是汇入"现在"的巨流。"过剩的存在，在我的心中迸发"，满天光彩。

第十悲歌 _____

第十悲歌

我总有一天，在严格洞察的终结，
向首肯的天使们高唱出欢呼和颂扬。
明晰地击打着的心的杵槌，
没有一支落在柔弱、犹豫，或者激动的弦上。
簌簌泪下的面容，使我
更显焕发；朴实的清泪
绽放着。啊，那时，你们将对我多么亲切啊
忧愁的夜夜哟。无可慰藉的姊妹哟，我不向你们下跪，
让我承接，我不委身于你们松弛的发丛，
使自己更加松弛。我们，苦难的挥霍者啊。
我们的视线是如何地越过苦难，窥入伤悲的持续，
或许不至于终结吧。可是，苦难真的是
我们耐寒的树叶，我们深浓的常青树，
隐秘年代的一个季节——，不仅是
季节——，而是场所、村落、营地、地面和宅第。

的确，唉，忧郁城市的街巷是多么陌生，

喧嚣中产生的虚伪的静寂

空虚的铸模中威风地产生铸造物：

镀金的喧哗，破裂的铜像。

啊，天使多么不留痕迹地践踏着慰藉的市场，

在市场的邻近处，现成购买的教堂：

有如星期日关闭的邮政局般清静而又沉寂。

可是外面，年集的边境老是起着波纹。

自由的秋千啊！热心的潜水夫及魔术家啊！

在华丽的幸福的象征射击场，

当一位灵巧的射手射中标靶时，那人形便手足挥舞地

发出白铁皮的响声。从喝彩到偶然

他继续蹒跚着；陋室以鼓声和怪叫

招徕每一位好奇的人。可是成人们

仍有特别值得一看的，看金钱在如何繁殖，解剖学的

表演，非单纯为了娱乐；金钱的生殖器官，全盘

彻底的演出——，富有教育意义的，且使人

多产……

……哦，可是就在对面的外边，

在最后的板墙的对面，张贴着"不死"的海报，

那是苦味的啤酒的广告，当饮者同时咀嚼着

新鲜的游戏，却是其味津津……

就在板墙的背后，就在后面，一切是真实的。

孩童嬉戏着，情人们依偎着，——在旁侧，

真情地坐在凌乱的草地上，而狗群姿态自然。
少年受到逗引，或许，他喜爱着年轻人的
悲愁……他就跟随她的后面，来到牧场，她说：
——走开。我们住在那外面……

          何处？少年跟着。

为她的风情而心动。肩膀啦，颈项啦——，或许
她出身望族吧。可是他离开她，转身，
回首，挥手……怎么办？她就是悲愁。

只有年轻的死者，在超越了时间的恬静的
最初状态，舍弃了世俗，
爱恋地追随悲愁。她等候着女郎们
且同她们亲近。温柔地向她们展示
她随身的装饰。忧郁的珍珠以及优美的
忍耐的面纱。——随着少年们
悲愁无言地走着。

可是那边，悲愁居住的山谷地方，一位中年的悲愁
听取少年的陈述，当他发问时：——她说
我们悲愁一家，一度曾是辉煌的家族。先人们
在那高大的山脉开采矿穴；在世间
你常会发现一块磨得闪亮的原苦
或者从古老的火山喷出而成了化石的愤怒。
是的，就是从那山出身。往日我们曾是富足的。——

悲愁引导少年通过广阔的悲愁景观，
指示他看那些神庙的圆柱，或悲愁君王们
曾经贤明统治过的城堡的废墟。看高大的
泪树以及盛开着忧伤之花的原野，
（生者只知道那些是柔和的叶饰）；
看那些在吃草时悲鸣着的动物——，还有时时
一只鸟惊悸地，横飞过他们仰望的视界
向远方孤独鸣叫的文字形象。——
傍晚时，悲愁带他到悲愁家族的祖坟
女巫和先知的坟墓。
夜垂临时，他们更悠闲地踱步，而随即
月般的，浮凸出现的
墓碑，耸立着。在尼罗河畔，如手足般的
崇高的司芬克斯——：缄默的墓室的
面貌。
而他们惊异于那戴冠的头部，时常
无言地，把人间的容貌
挂在星群的秤上。

他的眼光，在早死中晕眩着
不能握取。可是悲愁的凝视，
从复冠边缘的背后出现，吓跑了夜枭。而夜枭
从沿着脸颊缓慢下垂的线上滑过，
在那丰润圆满的颊上回绕，
于死者新颖的耳中，双面打开的

书页上，虚弱地描绘着
难以言宣的轮廓。

而上方，星群。新的。忧郁国度的星群。
悲愁缓慢呼叫着：——在这里，
看呀：骑士、手杖，还有那盈满的星座
叫作果实的穗冠。然后，再远些，靠近北极：
摇篮、道路、燃烧的书籍、玩偶、窗户
可是在南边的天空中，有纯净得如在
祈祷的手掌中，那意味着母亲的
明亮的"M"星座闪耀着……——

可是，死者必须再前行，而中年的悲愁无言地
引导他，直到幽谷，
沐浴在月亮的光辉下的地方：
有喜悦的泉源。以诚敬的态度
悲愁呼叫着泉的名字，说道：——在世间
这是运输的河流。——

他们停在山麓。
就在那儿，悲愁拥着少年，涕泣。

他孤单地攀登原苦之山，
而他的步伐还不能从无声的宿命中踩出音响。

可是，如果无限的死者在我们心中唤醒一项比喻，
看啊，他们多半指点悬垂着落了叶的
榛树的花序，成者意指
早春里下在暗黑的大地的雨水。——

而我们，思念着引升的
幸福，就会觉察到
几乎令我们吃惊，
当幸福的形影飘落。

第十悲歌诠释

1

经过第九悲歌，确认了人在地上所负的使命后，在第十悲歌里，开始向天使"高唱出欢呼和颂扬"。在第一悲歌里的天使，是可怕的，因其"冷静地蔑视着，欲把我们粉碎"，到了第十悲歌的天使，却是对人的存在加以肯定。这么极端的对比，是诗人挣扎着，自第一悲歌起，对有关人的存在问题，"严格洞察"所获得的"终结"。

"在此生存是荣耀的"（第七悲歌），这么歌颂着，则敲打着心的琴弦的杵槌，怎么也不会弹奏出"柔弱、犹豫，或者激动"的音调来。从内心的真实涌现出来的"朴实的清泪"，如花般地在面上绽放，这样表现着自然的流露，不虚假的真实的人生，因而"使我更显焕发"。

把夜拟人化，比喻作悲伤的女郎。而诗人感叹着把握不住与"世界空间"一体的夜，困圃在无终结的苦难。苦难是我们耐寒的树叶，深浓的常青树，没有枯落的时候，且是无从窥探的隐秘年代的季节；而又不仅是会逝去的季节，却是我们伫立的场所，群居的村落，驻留的营地，踩踏的地面，居住的宅第。

2

把丧失了真性灵的现代都市，比喻作死灵魂居住的"忧郁城市"，因此其街巷，对我们是多么陌生，人对死总是没有亲切感。墓地应该是静穆的场所，而现代市街却是喧嚣不已。诗人幽默地称其为"虚伪的静寂"，而那矗立的"破裂的铜像"，尽管镀得闪闪发亮，却是"空虚的铸模"所铸造的。诗人把墓地称为"慰藉的市场"，是相对于忧烦的人生而说的。

邻接着慰藉的市场的是，"现成购买的教堂"，意即非由信徒捐献兴建而成的，是基于都市人们的商业行为，意味着缺乏真诚的信仰。抱着虔诚的信奉上此教堂，必定会失望，就好像星期日的邮政局，清静而又沉寂。（按：西洋邮局，星期日全日休业。）

在教堂的外面，正是都市最热闹的市集，人如潮涌，表现了追逐金钱、欢乐、与幸福的众生相。从马戏团（"自由的秋千啊！热心的潜水夫及魔术家啊！"）、人形靶的射击场，到吸引着成人的脱衣舞——"解剖学的表演"。所谓"富有教育意义"，当指性的教育，"令人多产"，暗指着交媾的行为，喻表演的粗鄙，迹近荒淫的动作。

欢乐场的观众，沉湎于酒色中（"当饮者同时咀嚼着新鲜的游戏"），已遗忘了死的尊严课题，他们所见的是"不死"的海报。而张贴着海报的板墙背后，是自然的风景，相对于都市中欢乐场的虚伪，那自然的一切，都是"真实"的，有着纯情与不受拘束的气氛。

少年虽然耽留在欢乐场中，遗忘了死的恐怖，仍不时会受到"悲愁"的逗引，进入真实的世界。那真实的世界，与"悲愁"的住所之间，仍有一大段距离。少年被"悲愁"的风情所迷惑而跟从着。一旦想到"悲愁"是人类自古以来的显赫望族，便却步了，准备转身离去，仍欲投身于那欢乐场。

3

第三节以后，里尔克转而描写象征性的"死的国度"。在里尔克的思想中，生与死并非俨然的划分，只是不同的阶段，而由死到"真死"，又是进一步的境界。

年轻的死者，摆脱了现世，超越了时间的限制，起初即获得了恬静，随即舍去了一切世俗，爱恋着"悲愁"，引导入死的王国中。

4

借一位中年"悲愁"与少年的问答，陈述了"悲愁"曾是辉煌的家族，对第二节末的犹豫口气，加以肯定。人类生活先由自然素朴、充满活力，演变到奢侈糜烂、颓废不振，相对地，

"悲愁"也由显赫而式微了。"悲愁"的先人，曾是矿山的所有人，给人世间留下了"磨得闪亮的原苦"，与"成了化石的愤怒"。最原始的苦恼之被精细地琢磨得闪亮，意味着仍将受人珍视，而愤怒之成为化石，暗示着仍将坚持，不容损蚀。

5

中年的"悲愁"引导着少年死者，观赏"悲愁王国"广阔的风景。"神庙的圆柱""城堡的废墟"，仍是以人间的意象移置的，但在"悲愁王国"里，一切事物都与忧愁有着血缘关系，如垂柳之想象为"泪树"，原野上的花卉，更直接以"忧伤"呼之，以及兽类之"悲鸣"，鸟之"惊悸"等等。生者只知道无生机的"叶饰"，与死者之经历着花卉盛开的原野，是一个对比。"孤独鸣叫的文字形象"云云，比喻孤独的鸟鸣，随着飞翔的轨迹，仿佛在空中书写着文字，这是里尔克晚年作品中，常见的"听觉印象之视觉化"之一例，同时还把动作化为静态的意象。

接着是"悲愁王国"的夜景，墓碑像月一般浮凸出现，由此联想到埃及沙漠中人首狮身的司芬克斯。庞大的司芬克斯，在夜月下所陈列的缄默面貌更加深了传说的神秘感。那巍然耸立的形象，把"人间的容貌"，提升到以天界的尺度来衡量。

6

面对着"崇高的司芬克斯"那样冷肃的眼光，年轻的死者有眩晕的感觉。"复冠"指司芬克斯戴着双重的王冠。从背后飞出的夜枭，绕着司芬克斯"丰润圆满的颊上"飞翔，那拍翼的声响，在死者的耳中，听来有如在描绘着"难以言宣的轮廓"。这里又是听觉和视觉交错的一个例子。"双面打开的书页"，比喻着死者的双耳。

7

接着"悲愁"向少年指示天空的星群，这些星群，即象征着忧郁国度超越的存在。包括有："骑士"象征着人的双重性，"手杖"象征神的权杖，"果实的穗冠"象征饱满的生命；以及婴儿的"摇篮"，人生的"道路"，使生命"燃烧的书籍"，固守着本质的"玩偶"（见第四悲歌），凭依惆怅的"窗口"，还有象征着包容一切慈爱与温情的母亲的"M星座"。（按：德文的"母亲"——Die Mutter，是以M为起头）。

8

中年的"悲愁"，再继续引导死者，于长途跋涉中，逐渐接近终点。"悲愁"的幽谷里，有着"喜悦"的泉源，泉水汇成运河。这里是"悲""喜"交会之处。

9

死者，经过"悲愁"的引导，在忧郁王国中的经历，使他渐趋成熟。来到"原苦"的山前，此后是死者自己的修炼了，"悲愁"到此，不得不离别，因而拥着少年涕泣。

10

少年离别了"悲愁"，开始单独攀登原苦之山。而"山深不知处"，对少年来说，此去仍是茫茫"无声的宿命"，他尚不能够靠自己的步伐，踩出音响来。

11

如今，揭开了原苦之山的少年，变成了"无限的"死者，当他回顾我们世间的形象时，其所做的比喻是：悬垂在光秃枝上的"榛树的花序"，此意味着尚未到结果阶段，就向着大地回归的姿态，即象征着死；另外的比喻是：下在肥沃的大地的春雨，充满了孕育生机，即象征着生。整个比喻，很明显地，象征着生与死的联结。亦即第一悲愁中所歌咏的："英雄的没落，便是最后的诞生"的再度肯定。

12

在一般的思念中，幸福必是向上引升的，富足而又强劲，因此当我们觉察到这种"飘落"的幸福的真谛时，禁不住要大为吃惊了。

全部悲歌，就在此气氛中结束。

杜英诺悲歌的结构模型

自从20世纪30年代后期，安格洛兹（J. F. Angelloz）[①]和伊斯勒（E. P. Isler）[②]的作品出版以后，对于里尔克《杜英诺悲歌》结构的解说，都集中在主题分析[③]。虽然悲歌里的主要作品，已显示各悲歌如何联结于后续和承前的一首，并指示各悲歌之间的各种主题联系，但未尝试图建立以组诗作为一体的整合性结构模型。本文代表首次对《杜英诺悲歌》连锁性模型作领悟性的检查，对悲歌的拙译[④]所附带诠释中涉及此等模型的扼要摘述加以详论。在此所述三项重叠模式是：（1）分成含第二、第三和第四悲歌之负群的消极性前半，和含第七、第八和第九悲歌之正群的积极性后半，在二群的相对应数之间有主题的串联，（2）等距成对的配置，围绕着第五悲歌为支点，和（3）前半中接续的第三、第四和第五悲歌，与后半中间隔的第六、第八和第十悲歌的联结，其中，第五和第十悲歌的联系尤其重要，因其是出现的唯一模式。除了此等类别和模式的存在外，还有声音的乐律和意义的细致，诸如此类的研究无意加以否定，有待来日补充。

最简单的结构模型，是分成消极性：前半表现人生的短暂、局限往往没有意义，以及积极性；后半肯定人生的珍贵，尽管寿命有限。此项划分发生在第五悲歌中途（第58行）⑤，于此恳求天使保存孩童的微笑：

> 啊，天使哟！摘取那小小花朵的药草吧。
> 制造一尊花瓶来保存吧！插进那
> 尚未对我们开启的喜悦里；在可爱的坛中
> 以锦簇感奋的文字赞誉：
> 　　　"舞者的微笑"。⑥

这些卖艺者比常人更清楚地具体呈现生命的无常和无根。在命运的反复不定中，鲜能安享天命，他们要博得价值，有赖他们在忍受生命的荣枯当中，展现微笑的能力。《杜英诺悲歌》中除了处理天使本性的部分外，天使的出现表示在内在里有超验性现实的出现，因而象征着实在界里和谐、融洽和深意的可能性。在引用的第五悲歌诗句里，天使的出现透露出人有能力微笑——快乐地接受生命，尽管有先天性的苦难植根在他的短暂性里——超越现实，并代表人生在宇宙间的重大意义。此等卖艺者不但是特技动作中表演神乎其技的平衡，而且是以几乎是数学上的严格在生命的正负面彼此对抗中求得平衡：

> 而突然在这疲惫的乌有的地方，突然

在难以言宣的处所，那里纯粹的过少

不可思议地转变——，变化成

那空虚的过多。

那里多位数的计算

除不尽。（第49页）

"多位数的计算"摘述了生命的复杂性。生命的复杂方程式有三个可能的解答。如正好除完，则方程式的两边——生与死，负面的限制和正面的可能性——彼此平衡。如方程式等于零，生命的复杂性被死亡所取消（正如在大多数人看来），如等于无限大，死亡视为在持久性整体中的变形。里尔克强调后一观点，解方程式"除不尽"——因为数或量显示有限性。所以，没有数量上的量度可以表示生命（和死亡）以后升华为无限或绝对性。平衡方程式的三种数学上可能性——及其平衡生与死的方程式之三种重大不同方式——概述卖艺者动作、人生，和悲歌里的平衡功能，澄清了第五悲歌的角色，在作为组诗前半和后半之间的平衡点。也映现了悲歌本身的结构；卖艺者平衡了方程式的两侧：赖茉露夫人以零平衡，而以后的恋人们则以无限大平衡。

安格洛兹和伊斯勒业已指出，围绕着人的局限主题分组，包含第一、第二和第三悲歌的负群，出现于《悲歌》的前半，而正群在后半⑦。我把第一悲歌视为基本上的导论——概述全组诗的主题和问题，以第二、第三和第四悲歌形成一群，表示生命积极可能性的消极面。在第二悲歌里，天使得以重新构成自己，并忍受："镜子把自己流露出去的美／再

吸回到自己的镜头"（第14页）。在凡人当中，甚至恋人们
和那些可爱的人，也和其他人一样快速而无情地萎谢。虽然
使一绝对性作为超过人的知识或成就的念头，除非这样的
性，但事件的过程却脱出了他们的掌握："啊，无论多么奇
妙，饮者都将规避那种行为而去"（第16页）。在结论中，
爱情和死亡的主题混合在如何接受被爱者丧失的问题中。在
此群中，第二悲歌的任务，在于确立死亡是生命的宇宙性和
不可避免性的终结，以及对所有人类成就的威胁。

　　第三悲歌把青少年对少女的占有性爱情，和母亲与少女
的纯粹感情加以对比。青年的爱被描述为"恐怖的怪物"和
"原始的血流"（第26页）。即使青年有意逃避其遗传的禁
锢，自由塑造他的生命，但不能自己行动，因为他真正的存
在植根在生殖、成长和死亡的生物链中：

　　可是他曾经开始过吗？
　　母亲啊，你使他藐小，是你令他发轫；
　　对你，他是新的生命，你在他那崭新的眼睛之上屈身
　　于亲切的世界，并阻绝了那陌生的世界。（第25页）

　　少女引导青年走向超验性的爱，被她心爱的自己之真实
存在所阻扰，这是她必须克服的障碍，然后，她才能够执行
突出青年遗传的驱策之功能。在此首悲歌里，密切人际关系
中的变异之诠释，证明了虽然作为通向超验的爱是人最大的
可能性，却有蒙蔽情感纷扰的负面反逆。
　　第四悲歌的优势主题是，作为主体的人与作为客体的周

围世界分离，这项分离把他的世界打破成不谐调的碎片。作为物理上的实体，人被禁锢在自己内部，不能直接了解世界。他注意到死亡粉碎了他的世界和他自己："可是，当我们全心思索着一件事，／却感觉已展现了其他"（第34页）。人单独可以立在与他自己的关系中。而在他自己和他的世界二者必然的不统一中，他视生与死为两极对反，而非较大一体的部分。死亡成为生命的背景，而不是其中的一部分："谁不心焦地坐在他的心的幕前？／幕启：布景是别离"（第35页）。在他的心的舞台上，人的出现，分身为假装更执着于世俗的舞者，或是无生命的填塞玩偶。虽然填塞玩偶不会有所主张，但玩偶与天使的合作——属于人的内在和外在世界——仍然是二种根本不同的实存模式的合作，永远不能获得真正的和谐，因为天使仍然高高在上，而非与我们相处："超越于我们之上／天使表演着"（第36页）。爱情，也受到此项划分的伤害，因为倘若把人爱某些人当作客体，他的占有欲就限制了他所爱的人；而如果他以纯爱超越了爱情的客体，他就会把爱丢在脑后，而丧失了爱。只有孩童，还不明白主体、客体的划分，可以活在与他自己及他的世界完全融洽中。第二、第三和第四悲歌的负群，集中在视死亡为生命的负面，爱情为情感的纷扰，以及主体—客体障碍的任务在于把人的世界分成支离破碎。因此，生命的所有积极可能性，都有负面，似乎把人的存在视为徒劳而无意义。

相对应的正群把人从创造的余项分开，为他开发出独特的使命，在宇宙中赋予他价值。第七悲歌断绝渴望和企求天

使—绝对性作为超过人的知识或成就的念头，除非这样的绝
对性在真实世界里不完备地出现在星辰或人的内在领域里：

　　　　　　不相信，我在求爱。
　　天使哟，好像我也向你求爱！你不来。
　　　　　　　　　　　　　因为我的
　　呼声经常充足前进；你不能举步
　　逆行过那么汹涌的急流。我的呼声
　　有如伸出的手臂。向他那企图握取的
　　向上张开的手掌停在你的面前
　　张开，有如守护和警告
　　不可理解的啊，大大张开吧。（第72页）

　　人的行动领域才是真实的世界，而他的责任是对它；内
在的现实（而人是它的一部分）是不可思议的："这是歌颂
天使的世界，不是不可言状的世界……"（第92页）。对天
使来讲，当他感知到他在人界的变形状态时，正如天使界在
人的眼中一样的精彩。我们的家是在这个世界，而不是天
使的国度，而我们的职责是把它显示给可能进入实在界的
天使。

　　第八悲歌中，在内在现实的世界里，造物的国度特征在
于存在的融洽模式和不知死亡为何物。和造物——孩童、动
物和花卉——不同的是，人与他的世界分离，赋有死亡的自
知和知识：他被宣告为"对立的存在"。他因禁在自己内
部，关闭了与现实的直接接触：

而我们；始终，到处，旁观者的身份，
转向了一切事物，而从未摆脱出来！
我们已饱满。我们收拾得秩序井然。但崩裂了。
我们再收拾整齐却把自己也崩裂了。（第83页）

虽然，必然的孤离令人痛苦，但人发源自他独特天性的内在世界，赋予他意义，因为整个宇宙中没有其他地方会存在。许多评论家认为第八悲歌悲观或消极，然而在把人自内在现实——造物世界——分离中，建立了他的独特性。

第九悲歌重复述说实在世界的壮丽及其为人所需要："可是因为在今世是太多了，且因为／短暂的今世，一切对我们都似乎／需要且不可思议"（第90页）。我们的任务是说内在的现实，赞美天使，把内在性和本质合并为内心世界的完美统一性，天使可以目视到内心："这是歌颂天使的世界，不是不可言状的世界……"（第92页）。此项行动是人独特的任务，他可以独自进行：

大地啊，这不是你所愿望的吗，隐形地
在我们的内心复苏？——你不是梦寐着
有朝能隐形吗？——大地啊！隐形啊！
倘若不变形，什么是你迫切的委托？
大地啊，你可亲的大地哟，我愿。（第92页）

第七、第八和第九悲歌的正群，明定了人的活动领域一如实际世界，他在宇宙中的位置靠他的内在王国而存在，以及他因此在宇宙间联结内涵性和超越性现实的功能。由于他单独矗立在内涵性和超越性现实之间，他需要透过他有价值的角色来获得意义，正如和谐整体中必要的片段。

在双群模型中，第二和第七悲歌彼此相对立。主题上的连接是第二悲歌内描述的天使，及其一切璀璨壮丽和引起敬畏的余事，相对地使人类世界看来微不足道。第二悲歌里，人渴望遥不可及的天使王国，到第七悲歌，改为抛弃超越于他本身可企及的现状和他的责任感之完美境界。

第三和第八悲歌共赋客体见识的母题。在第二悲歌里，青年以他天赋生物性激动的客体导向情感恋爱少女，蒙蔽他以纯粹无限的爱作为开放通向超越之可能性。在第八悲歌里，人以他周围世界为客体的经验——"对立着／此外什么也不是，只始终对立着"（第81页）——提供他在宇宙内独特的关系模式。第二悲歌里，恋爱中客体见识的负面限制，在第八悲歌里，成为正面功能的起源。组诗整体性中的重大要素，连接第三和第八悲歌中客体见识的主题，以前未尝受到注意。

第四和第九悲歌是以人的自觉和他以前对死亡的知识来联结。在第四悲歌里，此项知识附带有丧失孩童的和谐而一去不回的痛苦意识，而在第九悲歌里，导致内在世界成为内涵性和超越性现实间的联结，把宇宙间彼此乖异的两半相关的意义性功能给予人。在此，负群的限制也是变形为人本重要性的起源。此等群组之相对应成分间的连节，进一步证明此等群组在全体内的功能，对比显示生命的负面限制，如何亦可有作为人的意义性在整体中始源的功能。

　　第五悲歌不但站在《悲歌》的正、负部位之间，而且有枢点或支点的作用，诸悲歌即以此对称配置。第四和第六悲歌以此方式成对，第三和第七、第二和第八，而第一和第九亦然。第四和第六悲歌共有人对死亡先见知识为主题。在第四悲歌里，人类生命对称着告别的布景扮演，一般人在幕前的装模作样，透示扮演着空虚的角色。生命的现实性评估显示人的分离："我们不是一体"（第34页）。在观众自己面前，天使和玩偶的意象持续着分离，表示人的内在和外在世界只能配合，永不统一。所有活生生事物的造物世界独自逃离此项支离破碎，其中，生命呈现上升曲线，经死亡为下降曲线。此项形态在里尔克作品中并入上升和下降的喷水意象，弹跃的球，以及——在悲歌结尾时——成为悬垂的榛树花序，以及春天下降的雨水。在对比的第六悲歌里，英雄的生命被描述为只有曲线的上升半部，意味着生命的统一性。英雄的统一性与造物世界有异，因为不同的是，他觉悟死。他的统一性，是由生命和生命终点、内在动机和外在行动、本质和内涵的合一所获致。在英雄的形态中，作为生命终点的死亡，整合于生命本身里，使生命成为单一上升的曲线。和年轻夭折者相同的是，他关心生命的质而不是量："持久／对他已无诱惑。他的上升才是存在。……"（第61页）。这种统一的生死观，是一种理想，只有非凡洞识的少数人才能达到，而与第四悲歌中所表达生与死是彼此对立的通俗观念成为对比。

　　第三和第七悲歌是由爱的主题来联结。由于十首悲歌里各含有关于爱的诗节，此项主题必然在此二悲歌里扮有重大角色，以便在结构模型中成贴切的联结。里尔克在《杜英诺悲歌》里处理爱的主题，可分成三种主要类别，都在第三和第七悲歌中呈现，那就是：青年天生的情感混乱；少女能够超越爱情客体的纯粹自由的爱；以及通向超越的爱情的任务（此项主题极接近少女的爱）。第三悲歌以青年、母亲和少女所表达的变奏，专心矢志于爱，而除第六悲歌外，是唯一专心矢志于单一母题的一首悲歌。开头几行的奈普顿象征性肖像，形成青年甚至在出生前即已存在的血液先天性成分。母亲在身体和心智方面启发了孩童，但即使她把和平、秩序和光带入孩童世界里，她仍无能消除天生的命运，潜伏在他实存的内在深渊，并等待她离去时自行主张：

　　　而他自己，当他躺卧着，心安理得，

　　　在昏然欲睡的眼睑下，你轻盈的身姿

　　　把甜美溶入睡前的浅眠中——：

　　　看似一位受到周密保护者……可是在深处；是谁

　　　在他内心捍卫和防阻着原始的血流？（第26页）

青年只能通过少女的三倍功能来逃避，以拘束他情感上的紊乱，教养亦支持他，并以她深情的纯洁来拥抱他。她的行动使她可以平衡他的激动，并引导他走出他天生的原始密林，走入她超越的爱的秩序花园里。

　　第七悲歌是组诗里最复杂的一首，联结爱的主题与人对实际外在世界的关系模式，以爱形成外在物体现实与人内在领域间的联结。人在爱的时候，外在世界就欢乐，因为在他的内在世界开启以接受另一位的爱的时候，整个世界即进入找到永恒。当青年的爱情自爱的客体解放，以表达宇宙的力量，它的呼声就超过生命深透此后少女所回应的领域：

> 看呀，在那边我呼唤着恋女。可是在那里出现的
> 不只是她……少女们从虚弱的坟墓出来
> 且站立着……然则，我怎能、怎能
> 限制喊出的呼声？（第69页）

由于爱情是人内在和外在现实间的联结，而且是存在的形式救赎人进入永恒的唯一源泉，因此，整个世界看人进行此项功能就不足为怪；给他一种能耐，到达天使的跟前：

> 那不是奇迹吗？啊，多么奇异，天使哟，我们就是那些，
> 我们，啊，你伟大的，说吧，我们有能力做到的
> 我的呼吸还不足以赞颂。因此，我们不能
> 疏忽了空间，这施与的空间，这
> 我们的空间。……（第71页）

由第三悲歌开启超越的爱超出青年强制性冲动的可能性，在第七悲歌里成为物体的现实移动过渡至人的内在世界（天使于此可以感受并救援进入永恒）的模式。爱自消极性天生至积极性纯洁的各种表现，形成情结整体的部分；并非矛盾，即使其中有些表现看似积极，有些消极。

　　以天使主题的第一模型与第七悲歌联结的第二悲歌，以此模型借第三节内严苛而急迫指述的人无常性对比要素，关联到第八悲歌：

　　　　毕竟我们在感觉中蒸发四散。啊，我们
　　　　在呼吸中把自己吐出，远逝；从薪柴的火焰到火焰
　　　　我们的气味越发薄弱。就有人会这么说：
　　　　是的，你进入我的血液中，这房屋，这春季
　　　　都充满着你……有什么用，他不能安置我们，
　　　　我们在他里面消失且围绕着他。而那些美女，
　　　　哦，是谁把她们引回？光辉不绝地在她们脸上
　　　　现出，然后逝去。有如露珠从早晨的草坪，
　　　　我们的事物从我们腾散，有如热气从蒸盘上
　　　　发散。……（第14页）

即使恋人们为了其爱情蕴含的所有忍耐性，也像其他任何人命定要腐化。我们枯萎，了无痕迹，在天使特性中丝毫没有留下我们自己。现代人缺乏古人的中庸之道，经历到比古人更强烈的无常，并渴望有些属于他独自的事，对他过去的存在赋予意义。一如第二悲歌里人的有限性对比于天使领域的无限性，在第八悲歌里，人预知死对比于造物世界成员的无此知识。造物以人的相反方向运动，因为死亡在背后。向前瞻望开放性和永恒性，而人被逼回顾过去来看待创作，因为他对未来的前瞻被他以前对死的知觉所阻碍。人对宇宙的反应感受把他闭锁在与其他任何事物（甚至他可与之共享生命

和心灵要素的造物世界）不同的生活方式里。他只是一位旁观者，一如主体关闭他周围的世界，而从未免除死亡的消极。此项主题描述在第八悲歌的结尾，提到人不断在告别，而且回忆到第四悲歌里的别离场景：

> 是谁把我们如此扭转，因而
> 不管做什么，我们有着
> 离去的人们的风采？有如在
> 再一次彻底向他指点着他的峡谷的
> 最后山岗上，他转身，停留，徘徊——，
> 我们也这么生活着，且不断在告别。（第83页）

而人与其周遭一切（甚至造物）的分离，使他变成独特，赋予他异常的人性特征，正是他在第二悲歌的结尾所渴望的。不描写人从他痛苦的孤离衍生的特殊活动范畴，则他在第九悲歌里独特角色的发展即不可能。

第一悲歌里含有仅外延性诗行，关系到年轻夭亡者，形成整首悲歌的几乎一半。通常相信短寿和早逝为不公，经检查而被排拒，理由是在生者和死者王国之间，生活有绝大的差别；年轻人并未停止存在，而是以改变形式持续着，没有人类的习俗，没有未来（因为此后的时间不存在），甚至没有名字或个性。虽然他们不再需要我们，我们却需要他们的信息，我们和他们双方是连续而无止境流动中的部分，一种安慰且协助我们的信息：

157

最后，他们不再需要我们了，那些早逝者们，

静静地弃绝尘世而去，有如断离了母乳

缓缓成长。可是，我们需要伟大的

神秘，于此，最幸福的进步常导源自

悲伤——；我们能够排拒它而存在吗？（第4页）

年轻逝者的主题在第六悲歌的英雄和第十悲歌里找到回响，以少年死者的形象进入"悲愁国度"，并逐渐通过，直到他最后完全消失于原苦的山中，超出了人类知识和甚至想象的极限。虽然少年的死和英雄的死，意味着死亡呈上升曲线而不下降，但他们大不相同，因为对少年来说，生死关系从未极化，而英雄是把极性升华为更高的统一性。童年的结束，同时知觉到死与生的分离，曾描述在一首未完成的悲歌里，起头是"不管你，童年是……"，可能旨在与第一悲歌里的少年逝者主题联系。虽然少年逝者并未继续在《杜英诺悲歌》里扮演角色，却以玮拉·奥迦玛·克娜普的形象，成为《给奥费斯的十四行诗》里的重大主题。

　　第一悲歌仅出现在结构模型之一里。从头到尾与第九悲歌配对，第九悲歌代表组诗问题的最后解决。开宗明义的问话是："谁，倘若我叫喊，可以从天使的序列中／听见我？"（第1页）。答话重建询问的结构，质问是否天使能或会感受人，或人能做的任何事。由于天使只能感受到绝对的事宜，可见人是聚集在他的内在世界里，包含他自己作为内涵性现实的部分。虽然天使不能直接看待人的内涵性现实，但可以知道他的变形状态。

接着问道，于连同盈满空间的风，承受着爱情的挑战，超越其客体，是否能够持久，但对情人们是否比别人更好过。当问题重构以询问爱情价值的任务，第九悲歌给予肯定的回答。单是爱情就能予人遂行其有益的功能，把外在现实带进他的内在世界，只有爱情能进入的场所；没有爱情，他的内在空间仍然空洞。情人们在他们感情的完全开放中，把整个世界容纳在他们的内在生命里，展示给天使，这是他们可轻易进行的课题，即使他们不再能忍受超过实际存在的其他任何事务：

门槛：对两位恋人来说是怎么回事
他们稍许磨损了自家古老的门槛，
还有，他们在无数的先人之后，又在
后裔之前……轻易地。（第92页）

其次的问题询问到人对世界的责任性质，以及实践的能力，尽管频频精神涣散。第九悲歌对人的终极责任下结论，他独力可以实践的是，利用转化拯救，把无常的实况变成内在绝对的无时限完美，可以进入天使的境界：

——而这些从逝去中
生活着的事物，了解你对它们的颂扬；无常的
种种事物信赖着最无常的我们会给以拯救。
盼望着，我们该会把它们全然化入隐形的心中吧
——哦，无尽地——化入我们内心！我们终结又是谁。
（第93页）

没有人的爱情动作，内在现实即无持久的希望；人是永恒的唯一源泉。

接着追问爱情在将分离的悲伤转化为丰收时的功用，正如箭矢要忍受弯弓，故在集中力量发射时，超越它自身。由于分离不会终止真实的爱情，死亡不会终止生命，而是把我们转化，正如我们在内心把世界转化。作为生命持续流动的整体部分，而非反极和终点，死亡变得熟悉，"亲密的死亡"（第93页）不再恐怖和可怕。作为动态变化的永久循环之必要部分，却失去结局的刺激。爱情和死亡二者是转化的基本模式。

第一悲歌的最后问题是，年轻早逝者的信息，以及他们对我们的义务，并质问没有他们，我们怎能存在。第九悲歌答复，尽管人生无常，童年和未来并未幻灭，人生的价值在其强烈而非长寿。正如第七悲歌所指出的，每人都会经历到强烈的瞬刻，使其生命有价值。年轻早逝者的信息是，人生在世并无价值；只有生命的品质才能赋予重大意义。如后述传达的信息，其意义有绝对永久性的味道，对此生和来生二者同样有效。《杜英诺悲歌》的基本问题是，人的生命在宇宙中是否有任何重大意义和期限，第九悲歌的结论回答说，虽然人不能逃避必死的事实，而且明知此事实，惟鉴于死亡在他具有独特且价值功用的整体内转化，他可以确认人生的价值和丰富：

看呀，我活着哪，何以为据呢？童年和未来

都不会变小……过剩的存在

在我的心中迸发。（第93页）

结论超越生命的极限，获得喜气洋洋肯定一切的生命，包含
其负面在内，第九悲歌以人在活性、天性和责任的单纯领域
内的发展，来总结正面的群组，并以第十悲歌喻义深远的形
式综合整个作品，来容纳整体循环的最后形态。

　　绕着第五悲歌作为平衡点的等距配对之结构关联，在此
前对《悲歌》的结构研究中从未出现过，虽然各种配对间的
连贯性已经有人指出。伊斯勒、柯乐兹和史泰纳⑧指出第四和
第六悲歌间的连贯，而柯乐兹、史泰纳和瓜第尼⑨串联第一和
第九悲歌。除专心一志于分析结构的伊斯勒论文外，主要在
于努力详细分析和诠释的作品里，也稍有述及各种配对的主
题性结合，可用来说明前此未注意到此项领悟性的模型。

　　第三种模型串联前半接续的第三、第四和第五悲歌，以
及后半里间隔的第六、第八和第十悲歌，第三和第六悲歌共
有青年的主题，柯乐兹和瓜第尼⑩已经指出。由于第三和第六
悲歌是特别围绕单一主题建立的仅有悲歌，也共有青年作为
中心形象，而在二者内，他是以甚至出生前即已存在的力量
加以控制，并决定其与异性关系的性质。第三悲歌里青年把
爱情当作生物性因素的负面遗传，与第六悲歌里天赋选择的
意志和能力之正面遗传的罕见或然性成对比。《圣经》上英
雄人物的参孙，在此描述成存在的而非历史的英雄，体现了
此项或然性，而免沦于必然性：

啊，母亲哟，他在你身中不已就是英雄好汉了吗？

他在你身中，不已就开始做君临万邦的选择了吗？

（第61页）

由于他的选择在出生前已做好，他的生命是由内在性质所决定，而不需去挑选；生命和生命的目标统一。在第二和第六悲歌里，青年的遗传是母亲和少女受苦的起源。在第三悲歌里，他对她们视为客体的关系，而在拥有少女的欲望里，他抛弃了母亲所创造的秩序世界；在第六悲歌里，他超越她们的爱情，在超越的行动中把她们抛后。第三悲歌是主题上最精巧的一首，同时在所有三种结构模型里，都与悲歌的正半有关联。在第六悲歌里串联的是出生前即已存在的遗传力的主题，在第七悲歌里，超越其遗传以获得爱情的或然性，延伸超出真实世界直到来世，而在第八悲歌里目标远景是平常人生的特性，其正面是人把客体转化成天使可亲的内在绝对之动力来源。因此，青年的遗传兼具有正面和负面的要项，而吊诡的是，会阻碍人彼此间内在性和超验性与现实相关的功能，同时又是他遂行此项课题的能力之始源。

　　如伊斯勒和安格洛兹[11]所指出，第四和第八悲歌是借造物世界的存在而联结。里尔克将内在现实分成三段：无生命的事物，造物——花卉、动物和孩童——以及成人，被死亡的先存知识和有关周遭一切的主体—客体模式，而与造物分离。第四悲歌以候鸟和狮子起首，而以孩童结尾。狮子不知死亡为何物，"且威风凛凛，不知何谓颓丧"（第34页），而孩童把生与死完美结合成一体，超乎成人所能了解或叙述："死亡，／全般的死亡，即使在生命之前／还是这样的温柔而不愤怒／却难以描述"（第37页）。在第四悲歌起首和终结时的这些造物架构，包涵成人观点中分裂和不和谐的对比主题。在第八悲歌里，以概述性诗节的第二部分与咏人的最末诗节，把调和逆转。调谐部分描述造物世界以及在其中发展的不同阶段，从诸如昆虫的小生物的完美和谐，至温血动物较不完美的生命，在回忆子宫比较完美的和谐和安全。造物由于不知时间和死亡，可以前瞻和前进到永恒的开放境地，因其未来不会被死亡所关闭。与造物对周遭现实的切身经验不同的是，人视为事不关己的外物；现实本身和人自己对它的观念并不一致。造物单只明白现实，而人兼悉现实和他自己，却把他的现实分劈成内境和外境。第八悲歌把人从其余生命世界分开，给他赋予对内在兼超验现实的关系有独特的不同模式，并准备为第九悲歌内所述他在宇宙中异常的重要性定义而铺路。和第三悲歌一样，第八悲歌亦在所有三种结构模型中发生与死亡的先存知识重搭结合，以及主体—客体划分中的客体虚荣。

第五悲歌形成前半组诗的象征性结论，而第十悲歌则以神话形式综合全部组诗。正如瓜第尼和柯劳兹[12]已往指出的，作为象征性的总和，与前进结构模型有违，但彼此密切攸关。最后定稿，长度几近相等，且最为繁复和包容万象。各含三个象征性情结，第五悲歌包含卖艺者，赖茉露夫人和来世，而第十悲歌含忧郁城市及其生活的欢乐，正好超越欢乐的现世和悲愁大地。咏赖茉露夫人和来世（第五悲歌结尾），以及咏忧郁城市和现世（第十悲歌开头）的较短部分，还有咏卖艺者（第五悲歌开头），以及咏悲愁大地（第十悲歌结尾），形成镜像。第五悲歌里的卖艺者表演，以及忧郁城市的生活，共享表面上舞台角色的生命远景，类似第四悲歌里的舞者。由于华丽是基本要素，此种生活好像戏剧表演。缺乏内心统一的基本安定性，他们受到外力摆布，不止息地蹂躏。当卖艺者从一次表演流浪到另一次表演时，狂欢游乐者正从一摊位闲逛到另一摊位，寻觅财富、成就和幸福的外界目标。由于卖艺者是所有存在截面的体现，他们代表耐心忍受生活的正面价值，尽管耐心有其极限，而在第十悲歌里，正面价值是置于动物、孩童和恋人们超越狂欢会周围藩篱的现世。在第五悲歌里，当赖茉露夫人和她以戏剧隐藏死亡的真实性质，形成自卖艺者的俗世表演过渡至来世的恋人们表演时，狂欢会砧板背后的现实世界，即站在忧郁城市及其狂欢会的虚假人生，与第十悲歌里悲愁大地的来世之间。超越赖茉露夫人虚假的外形和伪托，却是流行的创作，以及忧郁城市的哀伤音乐和浮夸纪念物的是死亡的国土，在第五悲歌里其特征是"不知何处的广场""难以言喻""不言的"（第49页），是不可知的、不可描述的、沉默的。此项叙述在第十悲歌末了有所回应，少年失踪于不可知的且不可描述的原苦山脉里，他的步伐在那里甚至不能踩出沉默地面的声响。于此，知识的缺乏是以不加描述来传达，而不像在第五悲歌里明确陈述。总结和综合整组诗的意义，第五和第十悲歌是以目的、结构和象征性加以串联，对组诗的主要结构单元形成贴切的结论。

　　检验此等联锁的结构模型，可以澄清里尔克在发展《杜英诺悲歌》的主题时，使用对比和变化的方法。在第二、第三和第四悲歌的前半中，表达天使不朽与人生无常，少年生物性冲动与少女纯爱，以及造物开放性和免知死亡与人的主体—客体知识模式和预知死亡的对比主题。后半中重叠的结合，可挑对比主题（第七悲歌重复第三悲歌里所限定爱情的可能类型）的一方或双方，以及加以对此或重复（第八悲歌把包容第四悲歌内对比描绘人类的特征之造物框架反逆，以包容人类框架内对造物世界的描述）。此等重叠模型说明某些悲歌的特征，诸如第六悲歌的扼要和第八悲歌的厌世观，似乎正好表示对于《杜英诺悲歌》结构的此项观点之妥切程度。

原注

①R.M.Rilke, LesElegiesdeDuino. Traduiteset commentées par J. F. Angelloz（Paris：P.Hartmann 1936）.

②E.P.Isler, "La structure des Elé gies de Duino de RainerM ariaRilke, " Leslanguesmodernes, 35（1937）, 225—248.

③F.D.Hoeniger, "Symbolism and Pattern in Rilke's Duino Elegies, " German Life and LettersN.S.,3 （1949／50）, 271—283.

④R.M.Rilke, The Duinesian Elegies. ElaineE. Boney的英译和详注（Chapel Hill：University of North Carolina Press, 1975.）

⑤E.L.Stahl, "Introduction," Rainer Maria Rilke's Duineser Elegien（Oxford：Basil Blackwell, 1965）, p.xvi。

杜英诺悲歌的结构模型

⑥R.M.Rilke，Sämtliche Werke，I（Wiesbaden：Insel，1955），703。文内引用原诗悉依此版本。

⑦Isler，pp.229，238和Angelloz，p.10.

⑧Isler，p.238；Heinrich Kreutz，Rilkes Duineser Elegien（Munich：C.H.Beck，1950），p.98；和Jacob Steiner，Rilkes DuineserElegien（Bern和Munich：Francke，1962），PP.132，137.

⑨Kreutz，p.26；Stelner，p.148：和Romano Guardini，Rainer Maria Rilkes Deutung des Daseins（Munich：Kösel，1953），PP38，51.

⑩Kreutz，p.97和Guardini，PP.225，244.

⑪Isler，p.240和Angelloz p.71.

⑫Guardini，p.368和Kreutz，p.152.

本文译自《Modern Austrian Literature》里尔克专号，15卷3/4期（1982），pp.71—90。作者孟涅（ElaineE，Boney）执教于圣地亚哥州立大学。